SEKTEN

Av

Blohm&Grönvall

Artes Liberales AB

Utbildning - Konsulttjänst - Förlag

Sekten

Omslagsfoto: Vy från Seatons kulle – Birgitta Nygren, Bjärred
Rovfågel: Ronnie Svensson, Kävlinge

Omslagsdesign: Michael Graff, Östra Tommarp
Layout: Dafvid Hermansson

Första upplagan, första tryckningen, 2024.
Förlag och distribution:
Artes Liberales AB.
Tryck: Libri Plureos GmbH, Hamburg, Tyskland

Tidigare utgivet av Blohm&Grönvall på Artes Liberales AB Förlag:

"Instängda" (2023)

"Skrinet" (2024)

Artes Liberales AB
Utbildning - Konsulttjänst - Förlag

www.artesliberalesab.se
info@artesliberalesab.se

ISBN 978-91-527-9715-0

Förord

I denna berättelse har vi valt att förlägga händelserna till Torestorp och Öxabäck, som ligger mitt i Marks kommun, en del av Sjuhäradsbygden i Västra Götaland. Alla platser som nämns finns i verkligheten, men för övrigt är allt sprunget ur vår fantasi.

Alla karaktärer är påhittade, händelserna likaså. Oss veterligen har det inte funnits någon sekt i trakten, någon byskola mellan Torestorp och Öxabäck har förmodligen inte heller funnits, inte heller någon herrgård vid namn Svansjö säteri.

Så kära läsare, känn igen platserna om ni varit där, men kom ihåg – fantasin har fått ett enormt utrymme, och vi hoppas ni kommer att få en trevlig stund med spännande läsning.

Göran Blohm och Karin Eberhardt Grönvall

Inledning

Mitt nya liv har pågått i drygt ett halvår, och nu jobbar jag John Skoglund, före detta poliskommissarie, halvtid på polisen i Lomma och njuter av övrig tid som halvtidspensionär. Men det där med att jag njuter är en sanning med modifikation. Den tid jag skulle kunna njuta oreserverat har drabbats av ett störningsmoment – livsstilsmålen.

Det ena har, irriterande nog, bestämts av tre institutioner – personalläkaren, personalpsykologen och sist men inte minst min kollega och bästa vän, Catrin Mendez. Ja, också Mendez kan faktiskt betraktas som något av en institution efter att hon i mitten av sjuttiotalet examinerades som kursetta från utbildningen på polishögskolan. Hittills är hon den enda kvinna som blivit kursetta och i dag skriver vi 2020, så resultatet har hållits sig nästan femtio år.

Livsstilsmålet som nämnda institutioner bestämt – alltså inte jag! – är att minska i vikt. Personalläkaren hotar med att jag annars kommer att drabbas av en mängd obotliga sjukdomar som väsentligt kommer att förkorta mitt liv. Psykologen säger att ensamstående överviktiga pensionärer ofta drabbas av svåra depressioner, och min kära kollega Catrin påstår att jag helt enkelt är dum i huvudet som inte begriper att jag måste gå ner minst tjugo kilo.

Resultatet av institutionernas krav är dystert. Allt det goda i livet som jag hittills njutit av i fulla drag är mer eller mindre förbjudet.

Linser, ärtor, allehanda frön och rotsaker utgör numera mitt matintag. Och en och annan skiva surdegsbröd, givetvis utan smör. Öl och mina kära Beska Droppar har ersatts av vatten. Med eller utan bubblor.

Jag har lyckats bli av med hälften av övervikten, och motvilligt måste jag konstatera att jag numera vaknar piggare, orkar med långa promenader och cykelturer. Gymmet besöker jag också regelbundet, men som jag saknar alla läckra måltider jag tänkt laga enligt mamma Lillemors receptböcker! Rätter med rikligt med grädde och smör – snålvattnet rinner när jag tänker på det – och Tuborg liksom Beska Droppar … nej, hur länge ska jag kunna hålla ut?

Ett annat mål i livet som jag länge tänkt på är att jag vill bli författare. Det är därför jag har ett avtal med en skicklig journalist – ja, att han är skicklig är hans egen utsaga – som skriver ner vad jag berättar om mord som sticker ut och som på så sätt skrivit in sig i svensk kriminalhistoria. Efter alla år som utredare på mordroteln har jag mycket att berätta, och med journalisten som spökskrivare känner jag mig nästan som författare.

Den första historien han skrev fick titeln *Instängda*, en tragisk historia som speglar hur livet kan gestalta sig efter en olycklig barndom. Nästa berättelse, *Skrinet*, handlar just om ett skrin som dyker upp på en oväntad plats och som visar sig ha kopplingar tillbaka till ryska revolutionen, nazitiden, judiska båtflyktingar och Baader Meinhof-ligan.

Idag kommer journalisten att få sig en helt ny berättelse till livs. Det är en osannolik historia som utspelar sig i Sjuhäradsbygden, närmare bestämt i trakten omkring den natursköna Seatons kulle. Jag väntar otåligt på att han ska komma. Historien om den religiösa sekten kommer verkligen att ta andan ur honom.

Prolog - Dåtid

Månens kalla sken återspeglas i det mörka vattnet. En stilla bris krusar vattenytan. Natten är inte tyst, skogens ljud tystnar aldrig. Silhuetten från den stora kungsörnen avtecknar sig mot försommarnattens ljusa mörker när den sökande följer vattenytan. Den glider fram, läser av grodornas och fiskarnas rörelser. Så plaskar det till och örnen lyfter med breda tunga vingslag. Fångsten hänger hjälplös i fågelns enorma klor. Vingarnas luftdrag rör upp små vågor på sjöns mörka vattenyta. Örnen flyger ljudlöst över vattnet för att sedan försvinna upp mot skyn där sjön och skogen blir ett.

När månen står mitt på den ljusa natthimlen tänds eldar på båda sidor om det smala sundet som delar sjön i två delar. Först en på den norra stranden, sedan en på den södra för att sedan fortsätta med korta intervaller tills det brinner fem eldar på var sida. Runt varje eld skymtar dansande människor. Tio människor vid varje eld. Alltid fem kvinnor och fem män. Alla är nakna, alla är insmorda med lera i dova färgskiftningar. Männen bär huvudbonader föreställande tjurhuvuden med enormt stora horn, kvinnornas huvudbonader föreställer katthuvuden. I bakgrunden skymtar silhuetter av andra dansande människor som inte är nakna.

I det mörka vattnet, som förenar sjöns två delar, är en flotte förankrad med rep som gjorts fast på respektive strand av sundet. På flotten har en grov påle med en tvärliggande gren surrats fast, så att ett träkors bildats. Runt korset brinner eldar. Mellan träkorset och eldarna står fem flickor och fem pojkar, hopbundna med varandra. Alla bär vita tunikor, mönstrade med motiv av tjurar och katter.

Pålen är krönt av ett tjurhuvud och ett katthuvud, nyss slaktade. Blodet från djurhuvudena droppar ner på barnen. De jämrar sig men ljudet når inte fram till strandkanten. Människorna på var sin sida om sundet dansar vidare, och när de tunga slagen på trumskinn av djurhudar intensifieras eggas dansen av rytmen och blir allt vildare, som i extas.

Eldarna har nu tagit sig. Obevekligt. Träkorset och stockarna som flotten byggts av är helt övertända. Barnens jämmer har tystnat. Med ett väsande sjunker flotten ner i det mörka vattnet. Om barnen skrikit av smärtan när elden nått dem, har ljudet inte kunnat överrösta trummorna.

Några stilla krusningar på vattenytan där flotten låg och sedan är allt över. Ljudet från trummorna ebbar ut, dansen avtar, eldarna på stränderna falnar. Gudarna har blidkats och nu kommer allt att vända. Skörden kommer att bli stor, jakten lyckosam. Stora segrar över människorna på andra sidan skogen väntar, och kvinnorna kommer att föda många pojkar.

När sommarnattens ljusa skimmer övergår i gryning, flyter vattnet i sundet stilla som det alltid har gjort och alltid kommer att göra. Inte ett spår av nattens händelser mer än askan från eldarna.

I grottan, som vetter mot platsen där solen sakta stiger upp till en ny dag, har målaren förberett väggen genom att skrapa bort lav och mossa. Nu tecknar han ner nattens händelser på väggen. Med den svarta färgen från eldarnas aska, den vita färgen från djurens ull, den röda färgen från laven som växer på berghällarna, den gula färgen från blommorna ute på ängen och den gröna från all annan växtlighet förevigar han nattens offerritualer. När skymningen kommer är han klar och lämnar grottan, stenen av granit rullas på plats och ingången är dold.

När dagen åter gryr kommer målningen att visas för den vise, för den äldste och för mannen som är gud, men på sin väg tillbaka till boplatsen faller målaren ner på stigen. Han dör. Ingen känner till målningen inne i grottan, och hungriga vargar finner hans kropp. Så finns inga spår efter målarens kropp. Allt är gömt tills arkeologen Jörgen Fredriksson mer än femtonhundra år senare finner grottan och målningen.

Platsen är Seatons kulle, sjön Öresjön och tiden för offerritualen någon gång omkring 500-talet anno Domini.

Prolog - Nutid

" Du är syndig, du är inte döpt. Döp dig och bli fri ifrån arvsynden. Bekänn din kärlek till Jesus Kristus och hans lära."

Korset reser sig som ett hot över hans kropp. Han känner vattnet ösas över sitt huvud, korset skuggar en del av predikarens ansikte, men hans blick är fäst på syndaren som ska räddas. Blicken som alla säger är fylld med värme och kärlek uppfattar han som hatisk och oförsonlig.

"Res dig! Du bär inte längre på någon synd. Nu är du ett barn i Jesu församling. Gå i frid."

Han orkar inte längre. Dopet kan inte hjälpa honom. Predikaren har hamrat budskapet i honom under veckorna som gått, budskapet om att hans kropp bara är bärare av skuld och synd. Skulle dopet kunna sopa bort allt det? Det tror han inte. Han är förtappad, och det spelar ingen roll vad pastor Johannes säger. Inom honom finns ingen kärlek bara skuld och skam.

Joakim springer från platsen. Springer det fortaste han kan. Han springer planlöst. Han vet bara att han måste bort. Bort ifrån honom. Han som straffar och som talar om vad som är rätt och fel. Vältränad som han är lyckas han springa från dem som försöker komma i kapp honom.

Skogsstigen är till en början jämn och lätt att ta sig fram på, men när han kommer längre bort från Skogsgläntan ändrar stigen karaktär. Den blir knagglig av rötter och stenar som tvingar honom att slå ner på takten. Nu löper stigen jämsides med vattnet. Det myckna regnet de senaste veckorna har gjort att sjövattnet på vissa ställen stigit med nästan en meter. Vattnet har visserligen sjunkit tillbaka, men han får sicksacka mellan stora pölar här och var.

Marken blir allt sankare men Joakim fortsätter springa. Han ser Seatons kulle framför sig. Den reser sig brutalt upp som ett urtidsdjur som stelnat i språnget. Joakim följer stigen som går mellan kullen och Öresjöns vatten. Sankmarken tar över och han slutar springa för att hämta andan. Fötterna sjunker ner i gyttjan, och ju mer han rör på benen desto djupare sjunker han. Nu når gyttjan honom till strax under knäna. Han besinnar sig, ingen panik. Han vet vad han ska göra. Stå still och kontrollera om han fortfarande sjunker. Det gör han, sakta men obevekligt. Han sitter fast. Gyttjan är som kvicksand, tänker han och lutar sig bakåt. Greppet om benen lättar något. Han lutar sig ännu längre bakåt och hamnar i ryggläge. Greppet om benen släpper och han rör sig sakta bakåt genom att ta kraftiga simtag med armarna. Det fungerar. Benen lyfts uppåt och han fortsätter med armrörelserna. Bakåt, bakåt. Så får han tag i något som flutit upp i ytan. Han ser att han håller en dödskalle i handen. En liten sådan, knappt större än en knuten näve. Han skriker till, släpper skallen och fortsätter att ta simtag. Nu närmar han sig fast mark. Återigen får han något i handen. Ännu en dödskalle, denna gång stor som en handboll.

Äntligen når han fast mark. Paniken drabbar honom igen när han ser fler skelettdelar flyta i ytan av gyttjan. Han springer djupare in i skogen. Orkar inte längre, sätter sig ner i den mjuka mossan och tårarna rinner. Förvirrad samlar han sina sista krafter och kryper upp för stigen mot Seatons kulle.

Kapitel ett

1968

Det är tidig morgon i början av juni, året är 1968. Alfred Fredriksson är alltid uppe med tuppen. Jörgen tittar ut från sitt pojkrumsfönster som vetter mot grusgången från huset ut mot brevlådan. Något är inte som vanligt. Han fokuserar blicken och tar ett djupt andetag. I kanten mellan grusgången och gräsmattan ligger något, en kropp. Pappa!

Hans första reaktion är att springa ut men det är som om han inte kan röra sig. Pappa ligger därute, orörlig. Visst är det han. Men varför ligger han där? Jörgen tar sig samman, rusar nerför trappan och ut på grusgången. Han stannar till, häftigt så att gruset sprutar. Pappa ligger där och rör sig inte. Hans ögon är öppna, men han tycks inte se.

"Pappa!" skriker Jörgen.

En gång, två gånger, men mannen som ligger orörlig framför honom reagerar inte. Med foten nuddar han vid Alfreds arm. Ingen reaktion. Är han död? Inom sig hoppas Jörgen att det är så. Att pappa är död. Den oerhörda tanken skrämmer honom men lämnar honom inte. Pappa är död, och vid det svindlande konstaterandet fylls han av en känsla som inte är sorg, snarare lättnad.

Jörgen ringer nittiotusen och inom en kvart är både ambulans och polis på plats. Att Alfred Fredriksson är död råder det inget tvivel om, och allt tyder på att han drabbats av en massiv stroke. Polisen skriver i sitt protokoll att det inte föreligger någon brottsmisstanke, så någon obduktion kommer inte att begäras. Det enda som behövs är ett skriftligt läkarutlåtande angående dödsorsaken. Så lämnar ambulans och polis gårdsplanen och Jörgen står ensam kvar.

Även om den nu föräldralöse pojken är så gott som myndig, kontaktas han av såväl kommunens socialförvaltning som av representanter från kyrkan. Förmodligen utgår man från att Jörgen befinner sig i chock vilket är begripligt, men ingen vet hur livet sett ut för honom med en pappa som Alfred. Chock? Sorg? Nej, hans första reaktion är långt ifrån vad som förväntas. Äntligen känner han sig fri, och när myndigheterna – särskilt i form av en påträngande person vid namn Lillemor Skoglund – inte lämnar honom i fred avvisar han bryskt all form av hjälp. Han blir myndig inom bara några månader och känner sig allt annat än i behov av hjälp. Nu kan han äntligen bestämma över sitt liv och tänker inte låta någon vare sig försöka bestämma över honom eller ens ge goda råd. Jörgen är fullt kapabel att ta hand om sig själv och det tänker han göra utan inblandning av någon myndighetsperson.

Livet har inte varit lätt för honom. Eftersom hans mor, Klara, dog i bröstcancer när han bara var två år gammal har fadern, Alfred Fredriksson, uppfostrat sonen på sitt eget sätt. Som kyrkoherde i Flädie församling och lärare i kristendomskunskap vid Flädie skola ansåg han sig vara den bäste när det gällde att visa sonen den rätta vägen mot vuxenlivet. Den moderna, fria barnuppfostran ansåg han var av ondo. Nej, hans övertygelse var att barn skulle hållas i strama tyglar, lära sig lyda och följa fasta regler. Regelbundna kyrkobesök och ett aktivt deltagande i kyrkans verksamhet var en självklarhet för sonen till församlingens kyrkoherde.

Tio Guds bud och tron på Gud, Jesus och den helige ande blev Jörgens rättesnöre. Oljemålningen som föreställde Moses mottagande av stentavlorna med budorden hade hedersplatsen i vardagsrummet, och över sängen hänger träkorset med den korsfäste Jesus. Sin kristna tro har Jörgen kvar även efter faderns bortgång, men nu har den blivit till en övertygelse och ett rättesnöre som han valt själv.

Myndig och med ett studentbetyg med goda vitsord säljer Jörgen barndomshemmet, placerar pengarna i säkra fonder, flyttar till Lund och påbörjar sina studier vid universitetet. Huvudämnet är religionshistoria och målet en fil kand-examen, som han når snabbare än de flesta.

Med sitt examensbevis står han på universitetstrappan, vänder sitt ansikte mot den molnfria försommarhimlen och ler. Äntligen! Det första steget är taget, och till hösten väntar fortsatta studier. Hans intresse för de stora folkvandringarna styr honom nu mot arkeologi, något som ska komma att förändra hans liv på ett sätt han inte anar denna soliga junidag.

Kapitel två

1996

Misstaget. Det obevekliga, försmädliga misstaget som hon förbannade sig själv med att ha gjort. Övertygad om att det hade varit det bästa. Då. Hon hade kunnat göra allt för att vrida tiden tillbaka, för att vara där igen. Catrin Mendez, polisinspektören som tagit tjänstledigt på obestämd tid från jobbet på fältet med kollegan John Skoglund. Ett jobb som hon älskat, som hade utmanat hennes kreativitet och förmåga att tänka utanför boxen i arbetet med att lösa fall, som till en början verkat näst intill omöjliga. Det gick inte längre.

"John Skoglund", svarar John irriterat.

Vem vågar störa honom nu? Semestern har gått in på sin tredje dag, och han har hittat den rätta avslappningen i vilstolen på altanen, ölsejdeln inom bekvämt räckhåll och tankarna på allt annat än polisarbetet.

"Det är jag."

"Jag känner ingen 'jag'", svarar han. Ironiskt eftersom han mycket väl vet vem 'jag' är.

"Skärp dig, John!" snäser Catrin av honom. "Du vet mycket väl vem jag är."

21

"Varför ringer du och stör mig? Har du något ärende så fram med det. Nu."

"Jag vill komma tillbaka."

Tyst, nästan viskande. Bedjande. Långt ifrån den Catrin John känner från deras arbete tillsammans.

"Ja ja, det förstår jag. Catrin Mendez på en administrativ tjänst … nej, du är en operativ polis, inte utredande, och det sa jag redan då. Jag avrådde dig från att söka jobbet på dataavdelningen. Inte bara jag – vår chef Ankarberg var också tydlig. Administrativt arbete är ingenting för Catrin Mendez! Men vad gjorde du? Använde dig av de kanaler du hade. Du pratade med din kompis Bodil, så lämpligt gift med Ankarberg, som – mot bättre vetande – lyckades övertala honom att godkänna din tjänstledighet. Du gick bakom min rygg. Så vad väntar du dig av mig? Jag kan inte göra något åt saken. Du har gjort ditt val."

John kan inte dölja den bittra tonen i rösten. Han har förlorat sin bästa medarbetare för något han mycket väl visste var dödsdömt från början, och nu har det gått ett år. Catrin på ett kontor, bläddrande i dokument hela dagarna. Nej, det var otänkbart.

"Jag vet. Jag borde inte ha gjort det, men jag erkänner mitt misstag. Snälla! Hjälp mig!"

John stålsätter sig. Visst vill han ha henne tillbaka, men så lätt skulle det inte gå. Nu får hon ta konsekvenserna av sitt handlande.

"Svaret är nej."

"Jävla skitstövel!"

Catrin slänger på luren. Uppgiven, besviken. Hon hade väntat sig åtminstone en liten glimt av förståelse från John, men nej. Dömd att stanna kvar med ett arbete som i och för sig är intressant men … Just nu vill hon bara bort. Hon sluter ögonen, lutar sig tillbaka och minnen från en tid utan ansvar och förpliktelser får henne att för ett ögonblick glömma kollegan Johns svek.

Soldoftande hö, hässjor, räfsor …

"Se upp för de däringa ormarna. Dom lurar därnere … "

Arvids varning, bestämd men med ett leende.

Smultron i hästhagen, plockade i rostfritt halvlitermått, strösocker och kaffegrädde i hjärtformad glasform. Alltid den … Simskolan nere vid Sandsjöns strand.

"Hoppa i måste du! Annars får du inget simmärke."

En rysning far genom kroppen. Hon hade först inte vågat men sedan blivit iknuffad. Panik. Efter det aldrig huvudet under vattenytan, aldrig snorkling.

Kräftskiva uppe på höloftet, skivspelare med låtarna från Tioitopp, pussar och kramar bakom höbalar, allergiska nysningar, lagårdskatter som strök förbi. Och den hemgjorda glassen i frysboxen i familjen Bengtssons matkällare.

Hennes bästa vän Inger med syskonen Per-Arne, Lennart, Solveig, Kerstin, Monica, Elisabeth … pappa Arvid och mamma Hildur … oförglömliga sommarveckor.

"Hallå där!"

Kollegan Kalle väcker henne abrupt ur minnen hon helst hade velat stanna kvar i.

"Jag råkade höra samtalet. Vad handlade det där om? Det var väl Skoglund du pratade med."

Oron i Kalles röst är inte att ta miste på. Han har arbetat med henne i ett par månader nu och de trivs bra med samarbetet. Han är vaken, intelligent och en perfekt kollega när det gäller arbetet med att undersöka olaga dataintrång hos statliga myndigheter.

Brottsrubriceringen är relativt ny, och framtiden ser mörk ut. I stället för fysiska rån på gatan, befarar polisen att förövarna nu har börjat utnyttja möjligheten att råna via dataintrång. Catrin tänker längtansfullt tillbaka på arbetet med John. Det är hennes typ av jobb, det jobb hon är ämnad till. Ändå hade hon lämnat det för den administrativa tjänsten. Hon hade ständigt haft dåligt samvete som mamman som så ofta inte fanns hemma hos sonen. Visserligen hade Charles, som liksom hon är polis, lagt sina karriärplaner på is under Björnes småbarnsår. Han hade utnyttjat möjligheten till pappaledighet och tagit ansvar för barn och hem. Hon hade valt jobbet. Men sedan kom hennes dåliga samvete ifatt henne. Kanske lite sent men ändå. Ett rent kontorsjobb, nio till fem, gav henne mer tid med Björne. Nu hade sonen fyllt tio och hon behövdes inte lika mycket på hemmaplan längre. Det var då vantrivseln på jobbet hade blivit så mycket mera märkbar. Monotonin med pappersarbetet, det mesta som ensamarbete, få kollegor och sist men inte minst – ingen John att bolla problem med som de gjort när de fick ett nytt fall att ta sig an.

"Jaa … det var John."

Catrin drar på det, slits mellan längtan tillbaka till arbetet på fältet och solidariteten med sin unge ambitiöse kollega. Men en blick på Kalles oroliga blick, svettpärlor i pannan och otåliga stampande får henne att bestämma sig. Hon måste vara ärlig mot sig själv och honom.

"Jag säger upp mig. Nu!"

Och så rafsar hon ihop pappren på skrivbordet, föser ner dem i översta lådan, reser sig så häftigt att stolen far in i väggen. En bekräftande nickning, som för att övertyga sig själv.

"Ja, det gör jag! Säger upp mig."

Och det är som om hon plötsligt lättar, pliktens tyngd är som bortblåst. Men Kalle fångar hennes blick, får henne att sätta sig igen. Han harklar sig, vet att han måste få henne att ta sitt förnuft till fånga eftersom han är övertygad om att detta hastiga beslut är överilat. Definitivt inte alls genomtänkt.

"Lyssna på mig nu, Catrin. Jag må vara yngre än du men jag är faktiskt riktigt klok när det gäller. Det verkar som om ditt beslut är fullständigt ogenomtänkt. Rusa inte iväg utan att ha någon slags plan. Vad ska du göra om du lämnar polisen? Tänker du verkligen sluta som polis eller bara begära tjänstledighet?"

Kalle skakar på huvudet.

"Det är inte du. Du kan väl inte mena att du ska åka hem till Medevi Brunn och börja jobba på dina föräldrars gård? Knappast.

Ta dig samman, åk hem till Charles och Björne och berätta hur du känner. Ditt beslut berör ju dem också."

Catrin lutar sig tillbaka och kan inte hålla tillbaka ett leende. Kloke Kalle. Visst ligger det något i vad han säger, och hon tänker visst lyssna till vad han har att komma med. Även om hon inte är så säker på att det skulle kunna få henne att ändra sig.

"Är du säker på att vantrivseln beror på jobbet? Kan det inte vara något annat? Jag spånar bara, men livet består ju av mer än jobbet – ekonomi, relationer you name it. Snälla – tänk ett varv till innan du tar ditt definitiva beslut!" avslutar Kalle sin monolog.

Catrin nickar eftertänksamt, reser sig och ger honom en klapp på axeln, men innerst inne vet hon att hennes hastigt påkomna beslut kommer att stå fast. Nu ska hon gå hem.

Kapitel tre

Majdagen värmer kropp och sinne med vårsol, knoppande syrener och grannens småbarn, lyckligt lössläppta för vårens första cykeltur på trehjulingar på knastrande grusväg. Med en suck av välbehag öppnar Catrin grinden, tar en tur under blommande körsbärsträd genom mörkblå scilla och lysande vintergäck i gräsmattan nedanför altanen på villans baksida. Alla tankar på jobb, vardagstrivialiteter, bortsopade. Hon är här och nu och njuter i fulla drag av sitt liv, livet hon hoppas kunna förändra till att bli ännu bättre. Hoppas och tror.

"Redan hemma?"

Charles röst från hallen. Oftast brukar Catrin var den som kommer hem sist. Övertid, sen inköpsrunda för att så snabbt som möjligt rafsa till sig det nödvändiga för att få ihop en lättlagad middag till familjen. Vardagsrutiner som hon nu tänker sätta stopp för, men det kan ju Charles inte veta. Att hon i fortsättningen tänker leva – inte bara överleva. Just det, överleva. Är det inte vad livet har blivit med all stress på jobbet och hushållssysslorna för att få livet att fungera? Åtminstone fungera hjälpligt …

"Ja, jag gick hem efter lunch och tog en långpromenad i det härliga vädret. Jag har till och med hunnit laga middag, så det är bara att sätta sig till bords. Förresten – var är Björne? Han borde väl vara på väg hem från fritids … eller är det fotbollsträning i dag?"

Dörren slits upp, gympaskor kastas på dörrmattan och en andfådd tioåring snubblar in i köket.

"Vad blir det för mat? Snart? Jag lovade Olle att följa med ner till bryggan och meta."

En hastig kram på väg till det dukade köksbordet, förväntansfullt greppande kniv och gaffel. Catrin kan inte låta bli att skratta. Alltid på väg, och när det gäller sonen handlar det knappast om stress, även om han alltid har bråttom. Hans lust på livet, på allt omkring sig, på allt roligt i omgivningen, ja, till och med på skolarbetet fyller hans mamma med glädje och tacksamhet.

"Chili con carne, sallad och bröd. Passar det?"

Björne nickar och lassar på av den kryddstarka röran på tallriken. Charles betraktar honom med ett roat leende.

"Ja, matvägrare är han då inte! Inte jag heller för den delen – det här ska smaka!"

Middagen avverkad, Björne försvunnen ner mot bryggan slår Catrin och Charles sig ner på altanen med varsitt immigt glas gin och tonic. Charles sträcker vällustigt på sig.

"Vad bra vi har det! Mat på bordet, tak över huvudet och en härligt nyfiken friskus till son."

Catrin nickar leende och förbereder sig på vad hon nu måste berätta för sin sambo.

"Du ... vi måste prata", börjar hon.

Till hennes förvåning nickar Charles bara.

"Ja, jag vet. Det är som om vi gått som katter runt het gröt. Men den heta gröten – vad består den av? Jag har förstått att det är något du vill ha sagt men inte fått ur dig. Lite oroar det mig faktiskt."

Catrin ler. Klart att Charles har märkt att det är något. Så nära varandra som de är kan ingen av dem dölja om något skevar, och att hon mer och mer börjat vantrivas med det administrativa jobbet har han förstås sett.

"Jo, jag har faktiskt fattat ett beslut i dag. Ett viktigt beslut som kommer att påverka vårt liv. Kanske tycker du att det är överilat, men jag kände plötsligt att jag höll på att kvävas, att jag helt enkelt måste göra något ..."

Hon tystnar, medveten om att hon kanske inte har tänkt igenom konsekvenserna av sitt hastigt påkomna beslut. Säga upp sig. Bli arbetslös. Om det nu är så att hon inte bara avslutar den planerade tjänstledigheten utan löper linan ut och helt enkelt säger upp sig. Och detta beslut har hon kommit fram till utan att ens diskutera saken med sin sambo. Ångrar hon sig? Nej, det kan hon inte göra. Hon hade känt att hon faktiskt inte hade något val, att detta var hennes enda möjlighet. Lite dåligt samvete, men samtidigt vet hon att om hon inte mår bra kan hennes familj inte göra det heller. Ett liv har jag, hade hon tänkt, och det vill jag leva på ett ärligt sätt så som jag vill. Men på bekostnad av Charles och Björne? Nej, så fick det inte bli. Och hittills har hon bara sagt till sin kollega att hon tänker säga upp sig, men hon har inte pratat med sin chef än.

"Idag, när jag satt där med alla datalistor och alla myndigheter som mejlar mig frågor", fortsatte hon, "när jag gick igenom oändliga pappersbuntar började jag tänka … vad är det jag sysslar med? Är det detta jag verkligen vill? Är detta mitt liv? Nej, älskling, jag insåg med ens att jag håller på att förtvina, kvävas. Jag gick inte polisutbildningen för att sitta på ett kontor och bedöma om journaler är korrekt hållna eller om det förekommer manipulation som kan ses som kriminell. Jag ville bli polis för att göra skillnad, för att göra en insats i samhället …"

Hon drar efter andan.

"… men det gör jag inte när jag sitter instängd i ett jättestort kontorskomplex. Jag vill ut på fältet igen! Jag vill arbeta med brottsfall tillsammans med min käre kollega John. Nu har jag tappat kontakten med allt vad den typen av arbete heter, och det känns så fel."

Charles nickar, sippar på sin gindrink.

"Är det så illa? Vantrivs du så med jobbet?"

Catrin inser med ens att hennes tankar, hennes vantrivsel, är något som aldrig kan vara bara hennes. Hon är en del av en familj, och allt hon gör, alla beslut hon tar påverkar också Charles och Björnes liv. Sviker hon dem nu? Om hon säger upp sig och inte kan komma tillbaka till jobbet med John kommer hon helt att sakna inkomst. Det skulle innebära en kännbar förändring av deras liv. Bara för att hon "vantrivdes på jobbet". Har hon verkligen rätt att göra så? Hur ska hon få Charles att förstå hur viktigt det är för henne samtidigt som hon inte vill äventyra deras trygga liv? Går det över huvud taget ihop?

"Jag förstår att du tycker att det låter galet, men jag kände så starkt i dag att jag måste göra något och det nu. Jag har fyllt fyrtio och har jobbat ett år med alla dessa listor, som tenderar att växa mig över huvudet utan att det känns som om jag når något vettigt resultat. Är det så konstigt att jag känner att det kan vara dags att pröva på något nytt? Eller åtminstone något annat inom yrket? Något som ger mig tillfredsställelse med jobbet, som gör att jag kan gå hem efter arbetsdagens slut och känna att jag gjort något viktigt, något som påverkat andras liv på ett positivt sätt."

"Oj, vad högtravande du blev nu! Men jag förstår och håller helt med dig. Vi är mitt i livet båda två, så det är naturligt att stanna upp och tänka efter. Är detta det liv vi verkligen vill ha?"

De sitter tysta en stund, låter blicken svepa över horisonten där segelbåtar avtecknar sig mot solnedgången. Vattenytan glittrar, Öresund för deras fötter. Utsikten från altanen är bedövande vacker och det trolska skymningsljuset lägger sig som balsam över de två som kommit att inse att det är dags att fatta ett beslut om hur de ska gå vidare i livet.

Charles bryter tystnaden.

"Förändring ... tänker du att det handlar om oss också? Om vår relation? Har du tröttnat, vill du skiljas?"

Oron i hans röst är inte att ta miste på. Catrin skrattar till, förvånad.

"Men älskling, hur kan du tro det! Jag älskar dig över allt annat. Jag behöver bara finna mig själv."

Charles drar henne till sig, kysser henne och drar en djup suck av lättnad.

"Det låter lite drastiskt det där, att säga upp sig utan att veta vad du ska göra ... Kan du inte börja med en längre tjänstledighet och sedan höra med Ankarberg, din gamla chef, om det finns någon plats i teamet hos John eller kanske som kvarterspolis i Bjärred? De ska inrätta en sådan befattning i höst har jag hört. Som du vet har jag lagt in om semester från och med nästa måndag, och då har Björne haft terminsavslutning. Jag har funderat över hur vi bäst ska utnyttja de lediga veckorna. Min kompis Martin, som var min bästa vän hela gymnasietiden och som också är polis, ringde mig häromdagen och frågade om vi inte hade lust att hälsa på honom i sommar. Han har ett sommarställe med en gäststuga på Österlen, i Skillinge närmare bestämt. Om vi trivs i hans sällskap så tycker han att vi ska hyra den under min semester. Jag har faktiskt fem veckors sammanhängande ledighet."

"Det låter fint, men mina tankar går åt ett helt annat håll." avbryter Catrin honom. "Jag skulle vilja åka tillbaka till min barndoms somrar ... Men som du säger, kanske jag ska börja med en månads tjänstledighet innan jag tar beslutet att säga upp mig. Och semestern har vi båda lagt in om. Så om du och Björne reser till Österlen, skulle jag kunna återuppleva min barndoms somrar i Torestorp ... "

"Hur skulle det gå till, tänker du?"

"Jo, när jag var barn brukade jag få bo några sommarveckor hos min bästa kompis Inger i Torestorp. Mina föräldrar har visserligen sitt gods i Motala, och där är jag väl alltid välkommen, men jag skulle vilja vara för mig själv, ensam utan sociala plikter. Åker jag till Motala vet jag hur det blir – alla släktingar som ska träffas, födelsedagar firas … Så när jag kom att tänka på Inger där jag satt med högen av papper i dag, kände jag nästan doften av hö och smultron, och längtan efter de bekymmerslösa veckorna där blev så stark. Och med tanke på att jag just nu skulle vilja ha lite egen tid någonstans där jag kan koppla bort alla måsten …"

Charles nickar leende.

"Men älskling, då har vi möjligheterna klara för oss! Du åker till Torestorp och jag tar med mig Björne till Martin i Skillinge. Där kan han gå i seglarskola och bada och ha ett härligt sommarlov. Om du kan tänka dig att vara utan oss …"

Catrin ger honom en varm kram.

"Jag ska försöka stå ut. Om du tycker att det är okej att jag bara tänker på mig själv …"

"Jag tänker också på mig själv – Martin är en härlig person, och när Björne lär sig segla kommer vi att vandra utmed stranden ner mot Stenshuvud och kanske ta med kastspön och fiska och bara njuta av den förhoppningsvis varma, soliga sommaren. Ju mer jag tänker på det, desto mer lockar det. Vi behöver nog var för oss själva ett tag."

"Då så! Skillinge för dig och Björne, och Torestorp för mig!"

Kapitel fyra

Att få tjänstledigheten beviljad gick lättare än Catrin hade väntat sig. Kanske berodde det på att allting mer eller mindre låg nere under sommaren. Inget akut kunde förresten knappast hända med hennes genomgång av de olika myndigheternas datalistor. Kalle var kompetent nog att ta över jobbet även om bara gjorde sin praktik. Så fyra veckors semester och sedan en månads tjänstledighet innebar en oändlighet av ledig tid för återhämtning, kontemplation och funderande över livet över huvud taget. Och vart det skulle leda stod skrivet i stjärnorna just nu.

"Men – Catrin! Vilken överraskning!"

Inger låter glad, det lovar gott för vad Catrin tänker föreslå. Hon vet inte hur det är med gården i Röllese men hoppas av hela sitt hjärta att hennes plan ska kunna gå i lås. Att Ingers föräldrar inte finns kvar i livet vet hon, även om de bara har haft sporadisk kontakt de senaste tio – eller är det tjugo? – åren. Men nog borde Inger väl veta vem som äger den nu? Om den är såld. Och om det finns någon som helst möjlighet att hyra huset. Eller åtminstone den lilla stugan som Ingers morföräldrar bodde i en gång, även om den antagligen har stått obebodd länge nu och kanske inte är i skick att bo i.

"Ja, det är alldeles för längesen vi hördes av. Hur lever livet med dig nu förtiden? Sist vi hördes av hade du flyttat till Kinna och bodde med man och barn i en villa någonstans mellan Kinna och Skene. Eller hur var det?"

"Jo, det stämmer. Anders och jag flyttade dit med Pernilla och Stefan för en himla massa år sedan. Du då? Bor du kvar i Skåne? Gift? Barn? Vi måste träffas! Vi har sååååå mycket att prata om …"

Catrin skrattar åt Ingers iver. Jodå, visst ska de träffas. Och det snart också.

"Ditt föräldrahem, Röllese … vad har hänt med det? Visst var det något av dina syskon som bodde där efter att Arvid och Hildur gått bort?"

"Ja, Per-Arne och hans fru Lilian bodde där några år, men så fick han jobb i Borås och det blev lite långt med resorna. Då bestämde vi oss för att sälja gården, och det var faktiskt en skåning som köpte den. Han heter Jörgen Fredriksson, arkeolog från Bjärred. Han köper upp fastigheter runt om i bygden. Tidigare har han köpt några hus av greve Silfverberg på Svansjö säteri. Som jag förstod det skulle han väl ha gården som sommarställe, kanske hyra ut den … Konstigt nog skaffade han sig ett annat hus samtidigt, jag tror det var en gammal byskola mellan Torestorp och Öxabäck. Där är han rätt ofta, har jag hört. Och om jag inte tar fel, så har han någon slags religiös församling där. Men det kan vara fel, bara skvaller. Du vet hur det är – folk pratar så mycket. Men du, när ska vi ses? Har du semester något i sommar?"

"Vet du, det låter nästan för bra för att vara sant. Jag längtar så efter våra barndomssomrar i Röllese att jag går här och drömmer om att på något sätt få uppleva dem igen. Och om den där arkeologen hyr ut? Tänk om jag kunde hyra gården över sommaren! Det vore verkligen super."

Det blir tyst i andra ändan av luren och Catrin blir rädd att hon gått för fort fram. Inger har kanske inte alls någon kontakt med den där Jörgen ...

"Jaa ..." svarar Inger dröjande. "Det där med att han hyr ut vet jag inte säkert. Men jag kan ta reda på det. Tror jag. För visst vore det fantastiskt om vi kunde ses där och uppleva gamla minnen! Jag kollar och ringer tillbaka till dig så snart jag vet. Okej?"

Och så avslutar de samtalet och Catrin vågar känna positiv förväntan inför en sommar som skulle kunna bli något alldeles extra.

Kapitel fem

Denna ljuvliga försommarmorgon väcks John av sin osynliga men högljudda marodör till granne, näktergalen, som alltid vid denna årstid stör hans nattsömn. Redan klockan halv fem flödar den vackra fågelsången in i sovrummet genom den öppna balkongdörren.

"Vackra …" muttrar han, oförmögen att uppskatta och njuta av sången som omöjliggjort hans välbehövliga nattvila.

"Ingen idé att försöka somna om", konstaterar han uppgivet, och desperat fortsätter han:

"Sänk volymen, din galning! Jag står inte ut längre!"

Knappast ödmjukt bedjande utan med en röst som ekar ut över grannskapet i hans förtvivlade frustration över den uteblivna sömnen.

Grannen Persson har inte kunnat undgå att höra Skoglunds gastande.

"Du kan väl ta fram ditt tjänstevapen och skjuta fanskapet då!"

"Vad gör du uppe så här tidigt?" frågar John förvånat.

"Samma som du. Det kan fan ingen sova när den där galningen sätter i gång!" svarar Persson och viftar ivrigt med några röda tygtrasor.

"Du vet väl att näktergalen hatar rött?" fortsätter han och viftar frenetiskt vidare med vad han hoppas ska sätta stopp på det han – och givetvis också John! – uppfattar som ett störningsmoment medan andra må ha förmågan att njuta av ljuvlig näktergalssång.

"Nej, det visste jag inte", svarar John, "men vi får väl stå ut ett tag till. Efter midsommar lär han väl sluta med det där galandet ..."

"Hoppas kan du ju alltid."

Persson skakar missmodigt på huvudet, höjer handen till en vinkning och går in till sig. Samtalet avslutat och John inser att det knappast är någon idé att försöka somna om.

Nere i köket laddar han kaffebryggaren, trycker på start och snart sprider sig den ljuvliga doften i rummet. De frysta franskbrödskivorna får liv i brödrosten. Smör, lagrad svecia-ost och apelsinmarmelad fullkomnar frukosten. Och så dagens Sydsvenska förstås. En timmas njutning på terrassen väntar.

Huset på Gamla Parkvägen i Bjärred var mer eller mindre fallfärdigt när han köpte det för ungefär tio år sedan, och långsam men noga genomtänkt renovering med varsam hand har pågått sedan dess. Han har noga planerat rum för rum hur han vill ha det, och till dags dato har åtminstone köket blivit klart. Golvet med mörka ekplankor matchar den vita köksinredningen, och det väl tilltagna fönstret låter dagsljuset flöda in och bidra till att göra köket till Johns favoritplats i huset.

Radion på köksbordet och närheten till kylskåp och frys, oumbärliga inredningsdetaljer i gourmanden Johns liv, får honom att trivas här i fulla drag. I kylskåpet finns dessutom – förutom grundingredienser till de läckra måltider han kommer att skapa – hans mest älskade dryck, Beska Droppar, till hands.

Denna tidiga försommarmorgon avnjuter John sin frukost på terrassen utanför vardagsrummet. Näktergalen har avslutat sin morgonmadrigal och nu hörs bara det rogivande vågskvalpet från havet. Han lägger ifrån sig Sydsvenskan, sippar på den fjärde koppen kaffe och börjar fundera över dagens arbetsuppgift – att tömma det orenoverade rummet bredvid vardagsrummet. Det är fortfarande belamrat med oöppnade kartonger från hans mammas dödsbo. Tjugo fullpackade flyttkartonger som stått där i nästan tio år. Nu kan han inte skjuta upp det längre.

Mödosamt reser han sig upp från den sköna vilstolen. Tankarna på den ojämna kampen mot övervikten lämnar han därhän denna dag. Det kommer väl en dag då han inte längre har något val, men än så länge får den kampen anstå. Nu koncentrerar han sig på dagens arbete, något han ser fram mot både med längtan och med bävan. Vad kommer han att hitta i mammans efterlämnade saker? Härliga barndomsminnen? Eller kommer oväntade hemligheter att avslöjas?

Kapitel sex

John kan inte låta bli att stanna till när han passerar vardagsrummet på väg till det totalt oorganiserade orenoverade rummet. Och bara njuta. Här har han verkligen fått till det just så som han vill ha det. Inte övermöblerat utan ett sparsmakat funktionellt vardagsrum.

Från föräldrahemmet har han ärvt en soffa och två maffiga fåtöljer i mörkbrunt läder. Lite slitna, men lädret har bara fått en vacker patina med åren. Och blivit bekvämare. I ett hörn har han placerat en supermodern tv, hyrd från Thorn på tre år. Med parabolantenn kan han se såväl TV 4 som dansk tv.

Utmed en kortvägg står ett vitrinskåp, också det ett arv från Lillemor, där betydelsefulla foton och viktiga dokument inryms. På översta hyllan tronar ett fotografi med guldram av mamma Lillemor. På fotot, som måste vara taget någon gång på femtiotalet, håller hon en ljuslockig pojke i handen. John. Ensamt barn till en ensam mamma. Vem var hans pappa? Han har bara vaga minnen av en stor, bullrig man. Något säger honom att han nog inte var så snäll, men varför kommer han inte ihåg. Pappan försvann tidigt i Johns liv, och sedan nämndes han aldrig mer.

På mellanhyllan i vitrinskåpet har John placerat dokumentet från polisens utnämningskommitté, daterat för tre månader sedan. Den officiella utnämningen till kommissarie är också det inramat i guldram. Som för att förstärka det dokumentet har han lagt ett foto vid sidan om, där man kan se skylten utanför hans tjänsterum: *John Skoglund, kommissarie vid mordroteln, Lunds polisdistrikt.*

Utöver dessa möbler finns i rummet naturligtvis en stereo med två imponerande pelarhögtalare, något oundgängligt i musikälskarens liv. Här kan John njuta av sin samling av såväl tradjazzskivor som klassiska album när andan faller på.

Nåväl, dagens arbetsuppgift väntar och tillåter inte att han dröjer sig kvar i sitt välmöblerade vardagsrum någon längre stund. Nu väntar Lillemors tjugo kartonger.

Med en djup suck ser han sig omkring. I vilken ända ska han börja? Den första kartongen innehåller gardiner och kökshanddukar från Domus, ingenting han har lust att spara. Nästa kartong innehåller mammans vardagsporslin, väl inslaget i tidningspapper men ack så kantstött och rent ut sagt fult. Inga nostalgiska känslor väcks, så även den kartongen hamnar i "släng-högen". Däremot tänker han behålla finporslinet, en servis från Bing & Gröndahl bestående av sextiosex delar. Även knivar och övriga bestick kan komma till användning när han nu med liv och lust kommer att kasta sig över Lillemors receptböcker för att förhoppningsvis bli en framgångsrik kock, åtminstone i det egna köket.

Så har han äntligen packat upp några av de mest triviala kartongerna. Nu återstår lådor med fotoalbum och i bästa fall också spännande brev och dagböcker. John börjar bläddra i det första fotoalbumet. Lillemor har försett varje foto med förklarande text med sin prydliga handstil. Foton från allra första stund av den älskade ende sonens liv. Han blir rörd och minns med vemod alla fina stunder de haft under hans uppväxttid.

I nästa album har hans mamma klistrat in alla skolfoton, där John med blandade känslor betraktar sig själv. Kortast i klassen, tjock redan då. Blev han mobbad? Den tanken vill han inte ta i nu, utan ser med ett leende i stället på flickan som står bredvid honom. Bodil, som är ganska lång för sin ålder, också hon lite rund om magen, med långa flätor och små runda glasögon. De fann varandra redan från början, och vänskapen har hållit i sig. Numera är hon gift med Johns chef, polismästare Ankarberg.

Och där står Einar Jönsson och flinar elakt. Honom hade John svårt för, men som vuxna har de försonats och till och med blivit goda vänner. Lärarinnan i sjätte klass hette Greta Lagerståhl, högt älskad av sina elever. En skugga drar över Johns ansikte när han tänker på hennes tragiska öde, som han fick veta i samband med det första fallet han utredde som utexaminerad polis.

John rynkar pannan vid åsynen av en person i svart prästkappa som står lite bakom barn och lärare. Lillemor har skrivit namnen på alla barnen på baksidan av fotot, och där står det. Javisst, det var ju den där besynnerlige prästen, Alfred Fredriksson. Honom hade John aldrig blivit klok på. De hade haft honom i kristendomskunskap och han hade väl inte varit sträng direkt, men något konstigt var det ändå med honom. Han hade ett sätt att se på eleverna som kändes obehagligt. När det gällde hans predikningar och samtal med församlingsmedlemmar över huvud taget var han ändå populär och fångade lätt allas uppmärksamhet. Något som var ovanligt med honom var i alla fall att han levde ensam tillsammans med sin son, Jörgen. Vid den tiden var det inte vanligt att pappor hade vårdnaden om sina barn, men prästen i Flädie hade det. Vad som hänt pojkens mamma visste ingen, och att fråga prästen om något sådant var förstås otänkbart. Prästen var oantastlig.

John lägger albumet ifrån sig, kastar en blick ut genom fönstret. Solen står högt på himlen och magen börjar knorra. Dags för lunch. Han går mot köket, men tanken på den underlige prästen lämnar honom inte. Många tyckte han var bra, men ändå var det något som störde. Och sonen? Vad hände med honom? Var fanns Jörgen Fredriksson idag?

Kapitel sju

Från järnvägsstationen i Kinna tar Catrin bussen till Torestorp, och där väntar Inger för att köra henne sista biten. Uppför en brant backe, och där ligger huset som inneburit så mycket glädje för Catrin de år hon fått vara där. Hon är väl medveten om att hon utan problem hade kunnat bo på någon av de egendomar familjen Mendez har i trakten, men Röllese ... det var allt något speciellt med familjen Bengtssons gård och alla minnen från härliga somrar där tillsammans med Inger och hennes syskon.

"Ja, som du ser är det förändrat." säger Inger när de kliver ur bilen på gårdsplanen.

"Inte så mycket som jag trodde ... det har ju gått så många år."

Catrin sätter ner sin väska och drar ett djupt andetag. Dofter från skogen, som ligger alldeles nära, från nygödslade åkrar, från rosorna vid grinden. Om hon blundar kan hon se allt framför sig. Alla sju syskonen, Arvid och Hildur, katterna, hönsen, hästen, korna ... Vilken lycka att få vara tillbaka!

"Hördu! Drömma får du göra sedan. Vi måste gå in och sätta på vatten och el. Allt har ju varit avstängt, men enligt Jörgen ska det fungera. Han hade hyresgäster här i höstas, några killar som arbetade på Kasthalls i Kinna. Bara tillfälligt. Jag tror han sa att de var någon slags praktikanter, varifrån vet jag inte ..."

Att komma in i farstun är som att kliva in i familjen Bengtssons hem igen som hon minns det. Utan familjen, men det verkar inte som om den nye ägaren har gjort om inredningen nämnvärt. Köket med matbord, kökssoffa och stolar i alkoven till höger, elspis, vedspis och diskbänk till vänster ser ut som det alltid har gjort. Och rakt fram fönstret varifrån man ser ner över åkrarna. Längst nere vid bäcken går några kor och betar, men det är väl någon av de angränsande gårdarnas kor. Ändå. Atmosfären är som Catrin tänkt sig och hoppats på.

"Åh, Inger! Här kommer jag att trivas!"

Väninnan skrattar, men inte utan ett stänk av vemod, och Catrin förstår att det måste vara med blandade känslor hon kommer tillbaka. Ett liv har Inger levt här. En barndom, ett ungdomsliv, och sedan hade föräldrarna bott kvar flera år efter att alla barn var utflugna, så Ingers barn har säkert minnen från sina morföräldrar, från kattungarna på loftet, från smultronen i hästhagen … Precis som Catrin.

Inger hade hört av sig redan dagen efter deras telefonsamtal. Jodå, Jörgen Fredriksson hyrde ut huset i Röllese, och just denna sommar hade han fått ett återbud från en tysk familj, som hade tänkt tillbringa sommaren i Torestorp. Någon i familjen hade blivit sjuk, så drömmen om en semester "bland älgarna", som herrn i familjen skrattande hade sagt, fick vänta till nästa år. Hyran var överkomlig, så Catrin bestämde sig snabbt för att boka Röllese för juni, juli och augusti. Först semester så många dagar hon nu hade att ta ut, och sedan fick resten bli tjänstledighet. När hon ansökte om tjänstledighet hade hon inte preciserat perioden exakt, så det skulle säkert inte bli något problem.

Innan de kommer upp till Röllese har de provianterat i lanthandeln nere i byn, och när Inger sett att allt fungerar körde hon hem till sig. Hon bor med sin familj i Kinna, bara en och en halv mil från Torestorp, och finns nära till hands om det är något Catrin behöver. Men Catrin tänker att nu ska hon först och främst njuta av ensamheten. Av lugnet på gården. Koppla av, sova så mycket hon vill, äta när hon blir hungrig och ta långa promenader i omgivningarna. Där finns cyklar också, så om hon vill ta sig längre är det bara att cykla. Det kunde inte bli bättre.

Första kvällen tänder hon brasan i kaminen i vardagsrummet. Det är inte särskilt kallt, men för mysfaktorn vill hon gärna sitta och betrakta eldslågorna, lyssna på knastret i den torra björkveden. Hon öppnar en flaska vitt vin, värmer en räkpaj som hon för ovanlighetens skull köpt färdig när de handlade. Maten tänker hon laga själv i fortsättningen, men första kvällen är hon trött och vill bara njuta av att vara tillbaka i Röllese.

Catrin sitter uppkrupen bland mjuka kuddar i soffan och njuter. Hon tänker på vad Inger berättat, att greven på Svansjö säteri skulle ha fått tillstånd att köpa upp 250 hektar skog på bägge sidor av Öresjön. Hans plan är att avverka skogen och förbereda för mineralutvinning. Det lär finnas silver, koppar och zink på området. Om detta stämmer skulle det vara en katastrof för bygden. Katastrof för miljön. Ett oväntat och ovälkommet orosmoment i idyllen. Något hon måste ta reda mer på men inte i kväll. Nu vill hon bara njuta av lugnet och friden i Ingers gamla föräldrahem, så fyllt av minnen från lyckliga barndomssomrar.

Efter ett par glas vin, bara smulor kvar av pajen, dåsar hon till. Då hörs plötsligt ljud från farstun. Hon stelnar till. Vem kan det vara? Inger körde ju hem för flera timmar sedan. Blickstilla sitter hon kvar och funderar över om hon har något tillhygge om det skulle behövas. Ett vedträ är allt hon har i närheten. Hon reser sig sakta, smyger sig ljudlöst ut mot hallen med vedträet i högsta hugg.

"Men kära nån! Skrämde jag dig?"

Framför henne står en man hon aldrig sett förut. Lång, välbyggd, ett prydligt skägg och håret hopsatt i en hästsvans. Klädd i jeans och randig tröja som ser hemstickad ut. Han tar ett par steg mot henne, och hon backar spontant mot soffan.

"Jag trodde inte att du redan kommit. Det stod ingen bil på gården, och när jag såg att det lyste här inne blev jag orolig. Inte för att det brukar komma obehörigt folk hit ut, men …"

Catrin fick äntligen mål i mun. Förvirrad men inte rädd. Han såg inte hotfull ut.

"Vem är du?"

Avvaktande, även om hon anade att det skulle kunna vara hennes värd. Och mycket riktigt.

"Förlåt! Jag borde förstås ha presenterat mig. Jag heter Jörgen Fredriksson, och det är jag som hyr ut det här huset till dig."

Catrin nickar med ett svagt leende. Det borde hon ha förstått, men i halvslummer i ett hus utanför byn utan nära grannar är det inte konstigt att hon först blev om inte rädd så åtminstone uppskakad. Någon som bara klampar in.

"Någon bil har jag inte med mig. Jag tänkte klara mig här med cykel. Min väninna skjutsade mig hit." tillägger hon förklarande.

Mannen nickar frågande mot fåtöljen vid kaminen och slår sig ner när hon inte protesterar.

"Ja, jag kan ju passa på och presentera mig – om jag inte stör, vill säga?"

Catrin skakar på huvudet. Störd var hon redan av hans oväntade intrång.

"Som du vet heter jag Jörgen Fredriksson. Jag köpte det här huset av arvingarna till ursprungsägarna, Arvid och Hildur Bengtsson. De andra husen som ligger nästgårds köpte jag av greven. Själv kommer jag från Bjärred i Skåne."

."Men vilket sammanträffande! Där bor jag! Men dig har jag aldrig sett till … har du bott där länge? Jag misstänkte allt att du var skåning. Dialekten."

"Ja och nej. Jag växte upp där. Min far var präst i Flädie församling, så jag gick i skolan i Bjärred. Efter gymnasiet i Lomma flyttade jag till Lund, där jag jobbade och pluggade på universitetet."

"Så du är lärare?" avbryter Catrin honom och tänker … Bjärred, skola. Kan John känna honom? Har han rent av gått i skolan tillsammans med Jörgen? Fast kanske ändå inte. Jörgen ser ut att vara äldre, förmodligen i femtioårsåldern.

"Njae, jag blev aldrig lärare, men jag läste teologi och arkeologi vid Lunds universitet några terminer för att sedan sadla om till att bli arkeolog. Jag jobbade som arkeolog i Uppåkra, och sedan sökte jag ett stipendium – eller rättare sagt ett forskningsuppdrag – som gav mig möjlighet att utforska denna del av Sverige efter lämningar från Vendeltiden. Folkvandringarna på 400-talet alltså. Mycket intressant faktiskt. Och jag blev kvar här. Jag har bott här knappa tjugo år. Jag hörde förresten att du är arvtagerska till Medevi Brunn? Då äger du kanske någon utgård här i trakterna?"

Catrin nickar utan att ta upp tråden. Hennes vistelse i Markbygden har ju inte med det att göra, och hon vill inte heller bli förknippad med utgården eller med sitt förflutna. Men en fråga dyker upp i hennes huvud, en fråga hon måste ställa. Även om det tar emot av någon anledning hon inte kan sätta fingret på, känner hon att hon vill veta mer om var hon har denna man. Han ger ett mycket sympatiskt intryck med skrattrynkor vid ögonen och varm blick. Motsägelsefullt känner hon ändå att hon måste ta det långsamt, utröna vem han är innan hon släpper honom närmare in på livet. Avstånd trots lockelse till närhet.

"Du kanske känner John Skoglund? Han är uppvuxen i Bjärred, hans mamma var skolsköterska. Kanske är han lite yngre än du, men Bjärred är väl inte så stort och i samma skola måste ni väl ha gått?"

Jörgen stelnar till. Han flackar med blicken, reser sig hastigt upp.

"Jag tror att jag vet vem han är, men känner honom – nej det gör jag inte. Nej, som sagt. Jag känner varken John Skoglund eller hans mamma. Förlåt att jag trängde mig på. Jag ska ta mig hem till mig. Hoppas du kommer att trivas."

Och så försvinner han snabbt ut genom dörren och lämnar Catrin som ett levande frågetecken. Vad handlade det där om? Känner varken John eller hans mamma …

Kapitel åtta

Redan en vecka i Röllese och det känns som om hon varit här i månader. Vädret är med henne, så dagarna har hon börjat med en långpromenad. Varje morgon i en ny riktning. Ner mot sjön, där hon följt strandkanten bortåt Hägnen så långt hon orkat. Ner mot Strömmen och Strömsån. Upp i skogen bortåt Bäckalund. Möjligheterna är många, och vissa dagar har hon tagit cykeln och följt vägen ända bort till grannbyn, Öxabäck. Sällan har hon stött på någon människa, åtminstone inte uppe i skogen. Nere vid sjön har en och annan modig unge dristat sig att ta ett dopp i Sandsjön, men badtemperaturer under tjugo grader har inte lockat Catrin.

En kväll upptäcker Catrin att det lyser i fönstret på den lilla röda stugan, undantaget, som Ingers morföräldrar hade bott i. Det var som en låga som fladdrade till, som om någon tänt ett stearinljus i stugans kök. Som hon hade förstått det var stugan obebodd sedan länge, så hon blir lite konsternerad. Hon skulle fråga Inger nästa gång de ses. Det är egentligen ingenting som bekymrar henne, kanske har hon sett fel. Men som den alerta polis Catrin är vill hon alltid ha förklaringar till allt hon inte begriper med en gång.

”Hallå! Någon hemma?”

Catrin hade hört bilen och tar emot Inger med en varm kram. Även om hon njuter av tystnaden, fridfullheten och framför allt ensamheten, välkomnar hon Inger den här dagen. Det där med det eventuella ljuset i undantagsstugan oroar henne så pass att hon inte kan släppa det helt. Inte precis någon källa till oro, men nog undrar hon.

Med kaffebrickan på bordet i syrenbersån slår de sig ner i hammocken. Syrenerna har just slagit ut, och doften från lila och vita blomklasar omsluter dem med löfte om försommar och mer värme.

"Hur känns det nu? Börjar du tröttna på ensamheten? Har du något att göra egentligen? Blir inte dagarna väldigt långa här uppe i obygden?"

Catrin skrattar åt Ingers oro.

"Aldrig i livet att jag tröttnar på Röllese! Jag njuter hela tiden, och sysslolös … ja kanske det, men det var ju vad jag ville. Fast jag är inte sysslolös om sanningen ska fram. Jag vandrar omkring i omgivningarna varje dag, och en hög med böcker har jag med om jag skulle vilja läsa. Än så länge ligger de orörda … Men du, jag vill absolut inte snoka, men i Hildurs byrå i sovrummet ligger ett gammalt fotoalbum. Tömde ni aldrig huset på personliga ägodelar innan ni sålde det?"

Inger rycker på axlarna.

"Ja, du vet hur Per-Arne är. Han och Lilian hade behållit huset som det var när mamma och pappa levde. Mest praktiskt men säkert också lite nostalgiskt. Han var nog bara glad över att få sålt gården till något så när pris, och köparen sa att han gärna tog över allt som det var. Eftersom han tänkte hyra ut behövde han ha det möblerat förstås. Och som sagt – Per-Arne tänkte nog att möblerna hörde till huset, hade alltid funnits här. Men mammas byrå? Jag vet inte vilken du menar …"

Catrin rodnar, känner sig lite påkommen.

"Jo … jag menar den där vita byrån som står längst inne på kattvinden bakom sovrummet. Inte i sovrummet precis …"

"På kattvinden?!? Där ska det väl inte finnas något! Inte minns jag att vi använde den annat än till lådorna med vinterkläder, och de är i alla fall inte kvar. Och kattvinden …"

Inger skakar leende på huvudet.

"Vad i allsindar hade du där att göra?"

Catrin vet inte vad hon ska säga. Så pinsamt! Att hon över huvud taget kom på tanken att kika in i kattvinden var ett minne som flög förbi. När barnen Bengtsson hade sommarlov och råkade vara hemma alla på en gång hade de lekt ryska posten, och den som "var ute" hade fått stå innanför dörren till kattvinden och knacka på innan han eller hon fick komma in och få sitt "straff". Eller hur det nu var. Någon gång hade det handlat om att pussa någon som var i rummet, och då hade Catrin råkat ut för att få pussa Lennart, mellanbrodern. Inte alls obehagligt. Hon hade faktiskt varit lite förälskad i honom. Han var hela fyra år äldre än hon, så hon hade känt sig hedrad och lite viktig när han pussade henne. Så nu hade hon, när hon kom ihåg den episoden, öppnat dörren och kikat in i utrymmet som kallades kattvind, och sett att där stod en vit byrå som hon inte mindes att hon sett förut. Nyfikenheten hade tagit över, och det var då hon hade sett fotoalbumet i översta lådan.

Ingers intresse är väckt och tanken på att Catrin kanske varit lite för nyfiken är som bortblåst.

"Får jag se! Det där har jag faktiskt aldrig sett. Så spännande!"

Kapitel nio

Många kartonger är det … John sjunker ner på den enda stolen i rummet och stönar uppgivet. Han trodde faktiskt att han gått igenom de flesta lådorna redan, men det visar sig att bakom skärmen, som Lillemor haft som rumsdelare i sitt sovrum och som följt med bohaget, döljer sig en hel del ytterligare lådor. Det skulle ta honom minst en dag, säkert fler, att gå igenom alla dessa flyttkartonger som stått oöppnade sedan han tömt Lillemors hus. Nästan tio år har de stått där som ett dåligt samvete som nu pockar på. Han kan inte skjuta på att avsluta arbetet med att rensa upp i det oorganiserade rummet längre, så med stor möda lyfter han sin voluminösa kroppshydda, ser sig obestämt omkring. Han trodde att han faktiskt redan hade packat upp de flesta kartongerna, men ändå finns det en försvarlig mängd oöppnade lådor kvar att gå igenom. Var ska han börja?

Som den ordentliga, nästan pedantiska, människa hans mamma varit, har hon skrivit på varje kartong med stora svarta bokstäver vad den innehåller. En god hjälp i detta tröstlösa arbete.

”Hmm …” muttrar han för sig själv och läser på den närmaste kartongen: *Handlingar från skolan. OBS! Sekretess!*

Johns nyfikenhet är väckt. Sekretess? Men den kan väl inte gälla längre? Efter tio år. Och i vilket fall – gäller sekretessen också honom som polis? Nej, det är en låda han måste börja med! Om handlingarna på något sätt fortfarande är aktuella, bör de väl återlämnas till skolan i Flädie. Så nu ser han det som sin plikt att undersöka vad det är för hemliga papper Lillemor sparat.

Otåligt river han upp tejpen, som så omsorgsfullt förslutit den hemliga kartongen.

"Jaha, så var det med den sekretessen", säger han besviket när han upptäcker pärmar med klasslistor, namn och adresser till forna elever och deras vårdnadshavare.

Naturligtvis var det så att skolsköterskan måste ha dessa uppgifter för att kunna hålla kontakt med föräldrar till eleverna om det uppstod akuta situationer, eller om hon upptäckte något ur hälsosynvinkel som kunde vara oroande. Han bläddrar förstrött genom pärmen från de år han själv gick i skolan. Någon skolpsykolog hade inte funnits i skolan i Flädie, så Lillemor hade i praktiken varit såväl skolsköterska som kurator och psykolog. Det innebar att hon fått ta itu med en hel del som inte handlade om den fysiska hälsan, som till exempel mobbning.

"Men fanns mobbning ens på kartan då? Begreppet alltså?" mumlar han medan han börjar läsa journalerna, som Lillemor fört.

Nu väcks hans intresse. Einar igen. Klasskamraten från fotot han hittat tidigare. När det gällde Einar Jönsson, den evige retstickan, hade hon till exempel skrivit att *Pojken* är inte *snäll mot sina klasskamrater. Jag får prata med hans föräldrar om det.*

John nickar och instämmer helhjärtat i moderns kommentar och kan inte låta bli att fundera över om han själv varit utsatt för mobbning, något han helst inte vill tänka på nu heller. Einar hade varit långt ifrån snäll, men visst har han förändrats. Numera är han god vän till John, så han måste väl ha mognat med åren. Stannade Lillemors anteckning vid en tanke bara, eller hade hon verkligen kontaktat Einars föräldrar? Han bläddrar vidare och stannar till vid åsynen av en journal med namnet Jörgen Fredriksson. Där var han! Jörgen, vars öde John hade funderat över så sent som häromdagen. Intressant. Och han läser:

Jörgen är en trevlig och snäll pojke, men han uppvisar tecken på att vara kuvad. Han lever med en ensamstående far, prästen Alfred Fredriksson, som har rykte om sig att vara vad man kallar något besynnerlig och rent av obehaglig. Lärare i kristendomskunskap och präst. Hans predikningar i Flädie kyrka är i och för sig populära, men mitt intryck är ändå att han kan vara hård och oförsonlig som uppfostrare av Jörgen. Osäkert om sonen blir fysiskt misshandlad. Under alla omständigheter väcker hans undflyende, kuvade beteende oro, även om han är vänlig och omtyckt av såväl kamrater som lärare. Motsägelsefullt och oroande. Kontakt med fadern och undersökning av pojkens hemförhållande är av nöden att ske skyndsamt.

John lägger ifrån sig journalen. Han minns Jörgen Fredriksson bara vagt. Jörgen var några år äldre än John, så de hade inte haft så mycket med varandra att göra. Däremot minns han mycket väl Alfred Fredriksson, en hatad lärare som alla hade varit rädda för. Skolagan var förbjuden, men psykisk terror var ingenting man kunde komma åt, så när Fredriksson utsatte elever för kränkande och förnedrande kommentarer hände ingenting. Det skedde dessutom så subtilt att det var svårt att hantera. Det enda som hände var att den utsatte eleven mådde allt sämre. John minns en flicka i hans klass, Barbro hette hon visst, som Fredriksson hade fokuserat på. Till slut kom hon inte längre till skolan alls, och ryktet sa att hon hamnat på sjukhus efter att ha svalt en stor mängd sömntabletter, som hon hittat i sin mammas nattduksbord. Om det var sant eller inte visste John inte, men han såg henne aldrig mer.

En blick på armbandsuret säger honom att det är hög tid för lunch, och med viss lättnad lägger han högen av journaler åt sidan. Det har inte varit någon trevlig läsning, och efter att ha tillfredsställt sina lekamliga behov tänker han fatta något slags beslut om vad han ska göra med kartongens innehåll. Bränna? Lämna tillbaka till skolan? Vem kan ha något intresse av Lillemors privata anteckningar i journalerna? Och är det över huvud taget någon som känner till att de existerar? Bränna eller lämna tillbaka. Det tålde att fundera över.

Kapitel tio

Fyndet av Lillemors sekretessbelagda kartong lämnade en dålig smak i munnen på John. Den kartongen sköt han längst in i rummet. Det fick bli en senare fråga att besluta något om dess innehåll.

Mätt och belåten efter en härlig äggakaka med knaperstekt bacon och rårörda lingon börjar krafterna återvända. Icke att förglömma den iskalla besken som han sköljer ner maten med. Semester är semester. Receptet till den traditionella – och läckra – skånska rätten har han hittat i en av Lillemors receptböcker, och efter avslutad måltid vet han att det inte var sista gången han gjorde den.

"Semester också från det där livsstilsmålet. Personalläkaren och psykologen kan dra åt fanders ..." muttrar John när han diskat och torkat efter lunchen.

Nu slår han sig ner på stolen mitt i det oorganiserade rummet och ser framför sig vilka möjligheter detta rum erbjuder. En ljusgrön sjögrästapet tänker han klistra upp, och så ska han lägga in ett golv av björkparkett. Vid fönstret, som har en vidunderlig utsikt över Öresund, är planen att placera ett väl tilltaget skrivbord och en bekväm arbetsfåtölj. De möblerna har han ännu inte införskaffat, men med tanke på alla loppmarknader och auktioner runt om i Skåne hoppas han hitta dem där. Nytillverkat, IKEA-style, är ingenting för honom. Han vill ha äldre, gedigna möbler i ståndsmässig design för den poliskommissarie som John Skoglund faktiskt är.

Utmed ena långväggen ska han ha en bokhylla med belysning i övre hyllplanet. Dessutom tänker han ha ett barskåp med kyl integrerat i bokhyllans lägre del. Han vet precis hur det ska se ut, och han har redan pratat med snickaren Einar, som lovat hjälpa honom. Skulle det sedan vara utrymmesmässigt möjligt, vill han så småningom köpa ett biljardbord. Allt i sinom tid, men först måste han ta itu med att gå igenom alla kartongerna.

Kartong efter kartong går han målmedvetet igenom, konstaterande att mycket är vad han anser vara ointressant, i det närmaste skräp. Hushållsattiraljer, kläder, gamla veckotidningar ... Allt får åka i containern han hyrt för ändamålet.

Pustande, svettig av ansträngningen, öppnar han en av de sista kartongerna och lyser upp när han ser vad den innehåller. Ännu fler foton. En bunt fotografier ligger i en plastficka och John hajar till när han ser dem. Det är inga trevliga foton utan otäcka bilder som föreställer misshandlade kroppsdelar. Stora blåmärken, sår efter vad som uppenbarligen är knivskador. Att det handlar om Lillemor förstår John när han läser dagboksanteckningar som också finns i plastfickan. En tunn röd dagbok med ett hjärta på framsidan. Hjärta ... det rimmar illa med de otäcka skadorna fotona uppvisar. Han läser:

10 september 1952

Roffe blivit så arg att han kastat mig i väggen. Skuldran väldigt öm. Slog mig i bröstet också, svårt att andas. Tror att ett revben gick av.

23 september 1952

Roffe blivit arg när maten inte var klar när han kom hem. Låste in mig i garderoben. Mörkt och otäckt. Rädd.

4 oktober 1952

Roffe hotat mig med kniv. Säger att han ska döda både mig och John. Vet inte vad jag ska ta mig till.

5 november 1952

Vet inte hur jag ska orka. Roffe hotar John också nu, med kniv att han ska skära pojken i låret. Han hotar med att kasta John i brasan. Det går inte längre.

10 november 1952

Roffe asberusad, kan inte stå på benen. Vill att han ska dö men vågar ingenting göra.

John är så skakad att han darrar i hela kroppen. Roffe, tydligen den pappa Lillemor vägrat att prata om, har alltså misshandlat henne och hotat både henne och honom själv. Och ingenting av det har hans mamma någonsin sagt något om. Ingenting har han anat.

Längst bak i plastfickan ligger ett foto som föreställer en enkel gravsten. Texten på stenen lyder: Rolf Skoglund 12.12 1931 – 1.7. 1957. Lillemor har på baksidan av fotot skrivit: Gravplats 27, Öxabäcks kyrkogård, Svansjö församling. Och längst ner: *Jag behöver inte vara rädd längre.*

"Öxabäck … var fan ligger den gudsförgätna orten?" muttrar John.

Han är förvirrad. På en och samma gång har han fått veta namnet på den far han inte har något minne av att någonsin ha träffat, att fadern misshandlat hans mamma svårt och att han slutligen ligger begravd någonstans i hotahejti. Han skakar på huvudet, vet inte hur han ska ta in all denna information. Visst har han under åren undrat över vem hans far var och om han fortfarande lever, men Lillemor har vägrat säga något. Sagt att han finns inte längre, men om hon menat att han var död eller bara borta ur hennes liv har John aldrig förstått. Nu vet han. Hans far hette Rolf och dog 1957, begravd på en kyrkogård i en by han aldrig hört talas om. Allt detta väcker ett sammelsurium av tankar, och den första är – var ligger Öxabäck?

Kapitel elva

Uppkrupna i soffan i vardagsrummet bläddrar Catrin och Inger genom fotoalbumet från byrån som stod på kattvinden.

"Men åh …. Här är ju mammas och pappas bröllopsfoto! Som jag har letat efter det."

Eva pekar på fotot av en ung och stilig Arvid, som står stolt bredvid sin vackra unga brud, Hildur.

"Det tar jag med mig och ramar in!"

Catrin ler.

"Albumet är ditt, alla fotona är dina. Klart du ska ta med dig."

De bläddrar vidare i albumet, fnissar vid åsynen av tjejgänget på väg till dans, klädda i minikjolar och med upptouperat hårdsprayat hår. Och foton av alla syskonen Bengtsson från småbarnsåldern upp till konfirmationen och de äldstas bröllopsfoton.

"Så roligt att se allt detta! Inte kom jag ihåg att mamma tog kort på oss när vi skulle på dans på Kullaberg!"

Inger slår ihop albumet, ser drömmande ut genom fönstret. Skymningen smyger sig på, och Catrin laddar kaminen med vedträn och spånor och snart sprider sig den härliga brasvärmen i rummet. Hon hämtar en flaska vin och ett par glas, en påse chips och slår sig ner hos Inger i soffan igen.

"Minns du?" säger Inger med ett leende. "Så tokiga vi var! Nylonstrumpor och högklackade skor när det var minus tio grader. Per-Arne hade lovat hämta oss nere vid stora vägen när vi klev av bussen från dansen på Kullaberg, men han hade glömt oss. Där stod vi mitt i smällkalla vintern och fick traska hem genom snödrivorna … att vi inte förfrös ben och fötter!"

"Ja, det var inte klokt vad galna vi var! Men vi hade inget val, hem skulle vi. Fast vi har andra minnen som är lite roligare och somrigare … minns du när vi åkte bakpå Per-Arnes och hans kompis Stickans motorcyklar på skogsvägarna? Utan hjälm, för det hade man väl inte alls på den tiden. Herregud vad vi har varit med om …"

Och det ena minnet väcker det andra, och innan de vet ordet av har mörkret fallit och Inger inser att hon knappast kan köra hem i det tillstånd hon är. En halv flaska vin … så de bäddar i soffan och somnar skafföttes, precis som när de var tonåringar.

Tidigt nästa morgon tar de med sig kaffekopparna ut i trädgården, njuter under tystnad av fågelkvitter, humlesurr och vårens första gök.

"Västergök är bästergök", konstaterar Inger nöjd. "Det lovar gott för den här dagen."

"Vi höll på att tappa kontakten med varandra." viskar Catrin, rörd till tårar när hon tänker på alla minnen fotoalbumet har väckt.

"Men nu tar vi igen det!" svarar Inger och ger henne en kram. En blick på köksklockan säger henne att det nog är dags att köra hem.

"Anders undrar väl vart jag tagit vägen … fast jag sa att jag skulle hälsa på dig, och då förstod han säkert att vi hade mycket att prata om. Jag tittar in senare i veckan! Fortsätt njuta av tystnaden på landet." fortsätter hon och reser sig upp.

Catrin följer henne ut på trappan, vinkar och står kvar en stund och ser efter den röda Opel Corsan som försvinner nerför backen mot stora vägen och byn. Vädret lockar. Vart ska hon gå idag? På orienteringskartan, som någon nålat upp på väggen i hallen, ser hon att någon strukit under ett namn. Seatons kulle. En dryg mil dit, så med cykel får det bli en heldagsutflykt. Men vid horisonten tornar plötsligt regnmolnen upp sig, så det får bli en annan dag. I eftermiddag kanske hon ska höra av sig till sin gamla kollega John. De har inte setts på flera månader, och nog undrar hon lite över vad han sysslar med nu förtiden. Något nytt spännande fall? Hon har helt klart bestämt sig – efter tjänstledigheten ska hon tillbaka. Patientjournalerna får klara sig bäst de vill, nu längtar hon efter aktion. Men först lugn och ro.

"Livet är härligt!" säger hon till sig själv och slår sig ner i det trivsamma köket med en kopp kaffe och en deckare, som fått lysande recensioner. Njuta och läsa om den fiktion som i hennes jobb ibland blev verklighet.

Så slår det henne – ljuset i undantagsstugan. Hon hade alldeles glömt att fråga Inger när fotoalbumet dök upp. Hon gör en anteckning på baksidan av ett upprivet kuvert. Det får hon inte glömma att fråga nästa gång. Verkligen inte.

Kapitel tolv

Regnet smattrar mot rutan när Catrin vaknar nästa dag. Helt klart en dag för inomhussysslor, vad det nu skulle bli. Jörgen Fredriksson hade ringt för ett par dagar sedan och frågat om allt var okej i huset, om det var något hon behövde eller så. Omtänksamt, hade hon tänkt. En bra värd, och inte bara det. Han är allt lite spännande också. Hon blir inte klok på vad han egentligen sysslar med. Han hade berättat vad han hade arbetat med – som arkeolog eller var det forskare? Och visst hade han fått något slags forskarstipendium. Räcker det att leva på? Kan hyran han får in från mig och andra som hyr det här huset vara tillräckligt tillskott? tänker hon. Kanske, men något har fått henne att fundera. Är det verkligen arkeologiskt arbete han sysslar med nu? Här? Och visst hade Inger nämnt något om en församling i den gamla byskolan. Att Jörgen hade någon slags koppling till den. Men det kunde väl knappast vara något som gav någon inkomst.

Catrin tittar ut genom köksfönstret, och där är det igen! Det lyser i undantagsstugan, som en fladdrande låga. Eftersom de mörka skyarna hänger tungt över Röllese är det lätt att se ljuset i stugfönstret. Visst hade väl Inger sagt att Jörgen köpt Röllesegården med ägor och allt? Då måste väl den lilla röda stugan också ha ingått. Catrin funderar. Hade Inger nämnt något om att den också var uthyrd? Det trodde hon bestämt inte. Väninnan hade bara berättat att det var där hennes morföräldrar bott, och det minns Catrin också. Särskilt

71

den enorma schersmin-busken som täckte ena gaveln och spred en bedövande ljuvlig doft under blomningstiden.

Dofter, minnen … och så är hon tillbaka i tonåren igen och tänker med vemod på hjärtesorgen när Ingers bror Lennart börjat kila stadigt med Gun-Marie från grannbyn. Catrin hade varit så förälskad i honom, men blyg som hon var hade hon förstås aldrig avslöjat sina känslor. Inte ens för Inger. Så Lennart hade väl aldrig anat hur kär hon var i honom. Men det var då det. Nu har hon sin Charles, tänker hon med ett leende och ser honom framför sig. Hennes mörkhyade hjälte som hon älskar av hela sitt hjärta.

Lite ruggigt är det allt trots att det redan är i början av juni. En brasa skulle sitta bra, säger hon för sig själv och laddar kaminen. Inte bara för värmens skull, knastret från elden känns så hemtrevligt, och hon tycker om att bara sitta i soffan och betrakta eldslågorna. De fyra elementen. Det slår henne hur mycket de betyder för henne. Att bo med havsutsikt hade känts som en nödvändighet när Charles och hon bestämt sig för att byta ut lägenheten till ett eget hus. Markkontakt. Och jord. Att gräva för rosor och lavendel i rabatterna, att rensa ogräs, att sila den solvarma jorden mellan fingrarna när hon låg ute vid örtagården och planerade för vilka örter hon skulle prioritera. Basilika, rosmarin, timjan, citronmeliss, salvia … örter som doftade och som hon använde dagligen.

En djup suck av tillfredsställelse. Ja, livet hade blivit så bra, bättre än hon hade vågat hoppas på. Etta vid examinationen från polisskolan – vilken ära! Som den första kvinnliga polisen hade hon faktiskt haft de bästa resultaten i alla ämnen. Hon ler vid tanken. Det hade nog varit en och annan av hennes manliga kurskamrater som hade tänkt att det var nog bara för att hon var kvinna. Men hon visste mycket väl att hennes betyg verkligen hade varit så bra att hon förtjänat äran att gå ut som etta.

Charles. Sedan hade han kommit in i hennes liv. De hade visserligen träffats redan under utbildningen, men det där klicket kom inte förrän några månader efter att de börjat arbeta i Malmö polisdistrikt. Först den mysiga men minimala lägenheten på Möllevången och sedan villan. I den vinterbonade och ombyggda sommarstugan med vidsträckt havsutsikt i Habo Ljung har de nu bott i mer än tio år, stadgade med en son på tio år. En härlig, nyfiken, underbar pojke. Björne.

Och jobbet. Hon hade kastats in i ett spektakulärt mordfall nästan direkt efter examen. John hade – kanske mest på grund av personalbrist och, om sanningen ska fram, inte för att han var den mest lämpade – fått ansvaret för att lösa morden i Flädie. Han hade accepterat med villkoret att få jobba tillsammans med Catrin, och så hade det blivit. Det hade visat sig väldigt lyckosamt med den kombinationen – den burduse odiplomatiske men snabbtänkte Skoglund och den diplomatiska professionella och skickliga problemlösaren Mendez. Fler fall hade de löst tillsammans, men så fick hon det där specialuppdraget att utreda eventuella dataintrång i myndigheter och då speciellt fusk med patientjournaler vid sjukhuset i Lund. Visserligen intressant, men hon hade saknat arbetet på fältet. Nu hoppas hon att få återgå till arbetet med John, den kantige och burduse men intelligente kollegan, när tjänstledigheten är över.

Catrin kastar en blick mot fönstret i vardagsrummet. Det verkar som om regnet stillat sig. Kanske kan hon trots allt ta en promenad. Regnjacka och stövlar i det ljumma försommarregnet. Naturen väntar på henne, och med rätt kläder kan hon säkert njuta också av denna dag trots bristen på sol.

Ute på gårdsplanen kan hon inte låta bli att titta åt undantagsstugan till. Inbillade hon sig, eller hade hon verkligen sett ett fladdrande ljus i stugfönstret? Att stugan är enkel och saknar såväl el som indraget vatten vet hon, men nog kan det finnas folk som tycker det är charmigt att tillbringa ett par veckor i den stugan. Leva enkelt som förr kunde säkert locka storstadsbor. Så kanske den lilla röda stugan är uthyrd? Men borde inte Inger ha nämnt det …

Catrin bestämmer sig för att gå ner och undersöka saken. För att försäkra sig om att det inte är någon obehörig som tagit sig in. Stigen mellan husen består mest av vattenpölar, så hon är glad över stövlarna. Det är som att regnet intensifierat doften från den blommande schersminbusken, så hon stannar upp vid husgaveln översköljd av barndomsminnen. Saft och kardemummabullar hos Ingers mormor sommardagar, som förstås alltid var soliga. Ett ljud avbryter henne. Steg som närmar sig, och rodnande vänder hon sig om. Påkommen. Inte kan hon väl stå här som en annan inkräktare.

”Men Catrin! Har du vågat dig ut i regnet?”

Jörgen står med ens alldeles bredvid henne, så nära att hon instinktivt tar ett par steg bakåt. Han skrattar.

”Det verkar som om jag alltid skrämmer dig. Först i huset och nu här. Det var verkligen inte meningen. Men det är klart att jag undrar varför du står här och blundar, det ser nästan ut som om du helt enkelt njuter av regnet.”

"Jaa … njuter gör jag allt. Minnen från barndomens somrar i Röllese kom plötsligt över mig när jag möttes av doften från schersminbusken. Är den inte ljuvlig?"

Han nickar men ser fortfarande lite skeptisk ut.

"Hade du något ärende hit till lillstugan?"

Catrin drar lite på det. Stugan är säkert hans liksom huset hon hyrt och alla andra byggnader som hör till gården. Och hon har väl egentligen ingenting här att göra. Det är inte undantagsstugan hon hyr, bara huvudbyggnaden.

"Jag tyckte det lyste i fönstret, och vad jag förstod av Inger är det ingen som bor här. Så jag tänkte bara se efter så att allt stod rätt till. Att ingen obehörig hade brutit sig in."

"Nej, då. Ingen obehörig, men jag brukar faktiskt vara här ibland. Jag tycker om att dra mig undan hit från vardagens sysslor. Här kan jag koppla av och filosofera. Tystnaden här är som balsam för själen och hjälper mig att sortera alla tankar som rör sig i mitt huvud. Ibland sover jag också över mer än en natt. Jag trivs med det enkla och har ingenting emot att elda i vedspisen och hämta vatten från pumpen nere vid uthuset. Och el klarar jag mig bra utan, åtminstone några dagar. Det är riktigt mysigt att sitta i fotogenlampans sken, och jag tänder alltid ljusen i staken i fönstret när jag är här. Kanske såg du ljuset från lågorna?"

Catrin nickar. Så var det förstås. Varför Inger inte sagt något om att Jörgen brukar bo här av och till berodde kanske bara på att hon inte tänkte på det. Eller kanske inte ens visste om det. Inger kom ju inte upp till Röllese särskilt ofta numera. Hon hade ingen anknytning längre, och kanske var det bara vemodigt och till och med lite sorgligt att komma till ett hus med så många minnen, men som tagits över av främlingar.

"Men här står vi och blir våta! Kom in, vet jag. Kan jag få bjuda på en kopp kaffe? Jag har just satt på kaffehurran. Går det bra med kokkaffe? Det är vad vi brukar använda här i byn. Hemma i Bjärred är det bryggt kaffe som gäller, men jag gör vad jag kan för att anamma seder och bruk när jag är här. Och kokkaffe passar liksom bättre i en gammal stuga som denna."

Catrin kliver ur stövlarna i farstun och hänger av sig regnjackan. Hon har inte varit här sedan ... ja det måste ha varit mer än trettio år sedan. Men allt är sig likt. De färggranna trasmattorna, kökssoffan med dynor vävda av Ingers mormor, vedspisen och de gamla kryddburkarna under köksskåpet. På en krok hänger emaljskopan som brukade användas till att ösa vatten ur den stora hinken, som stod vid sidan av spisen med lock på för flugors och dammråttors skull.

Med en suck av välbehag slår hon sig ner på kökssoffan och låter handen smeka ytan på det rustika bordet. Jörgen har satt fram koppar och – lite ursäktande – en korg med skorpor.

"Ja, jag väntade mig inte besök, så något annat kaffebröd har jag inte, men ..."

Han ser sig om, öppnar dörren till skafferiet och lyser upp.

"En burk marmelad! Då blir det inte så påvert i alla fall. Vill du ha socker i kaffet? Någon mjölk har jag tyvärr inte. Nu när det börjar bli varmt har jag ingenstans att förvara kylvaror, så det får jag klara mig utan."

"Tack, jag dricker helst kaffet svart, men när du pratar om kylvaror … visst finns det en jordkällare i sluttningen nedanför huset jag hyr? Där blir det svalt så det räcker om jag inte minns fel."

Jörgen rör om i kaffekoppen, sitter tyst en stund.

"Jag vet. Men … ja, det har inte blivit av. Jag klarar mig utmärkt ändå."

Han ler och tar sats. Som om det är något han vill berätta, något viktigt. Varför hon uppfattar det så vet hon inte, men han har plötsligt fångat hennes blick och betraktar henne så intensivt att hon tvingas titta ner.

"Jag har mycket att berätta om du vill lyssna, men jag tänker inte ta det nu. Det måste få vänta lite …"

Hans leende suger tag i henne. Blicken, leendet. Vad är det som händer? Catrin blir osäker, överrumplad av att hon påverkas så starkt. Överrumplad och nästan lite rädd. Så här får hon väl ändå inte känna – hon har ju Charles. Och ännu mer förundrad blir hon över sina tankar. Visst är det väl tillåtet att bli engagerad och intresserad av andra människor även om man är sambo? Ändå. Hennes reaktioner skrämmer henne. Det är som om hon håller på att tappa kontrollen. Förvirrad skjuter hon kaffekoppen ifrån sig och reser sig hastigt upp.

"Nej, nu ska jag gå hem till mig …"

Hon hittar ingenting att säga som anledning till att bryta upp, så det låter väl lite abrupt. Men – varför måste hon ha ett skäl? Inte kan hon sitta hela förmiddagen här hos Jörgen, som hon knappast känner. Och som oroar henne.

Kapitel tretton

Två hela veckor kvar av semestern och John njuter verkligen av ledigheten. Lata morgnar med tid för långsam tidningsläsning, njutning av kaffe och rostat bröd med marmelad. Det finns fortfarande några burkar kvar av Lillemors plommonmarmelad, och eftersom han förvarat dem i frysen för säkerhets skull smakar de fortfarande lika delikat som han minns det. Marmelad gjord på de härliga gula plommonen i Lillemors trädgård, spetsad med konjak. Det är grejer det! Ibland kan han till och med unna sig en krämig äggröra med knaperstekt bacon. Åtminstone de morgnar han vänder blicken åt ett annat håll när han passerar vågen.

Vågen, ja. Med en djup suck konstaterar John att det där med diet inte fungerar för honom. Han är väl medveten om sin övervikt, men som den livsnjutare han är kan han helt enkelt inte avstå från alla goda rätter han så smått börjat laga ur sin mammas receptsamlingar. Sedan kanske, om han känner för det. Dieten alltså.

När han smörjt kråset med den läckra frukosten går hans tankar till fynden i kartongen med fotoalbumen och inte minst till Lillemors dagbok. Att han äntligen, fyrtio år fyllda, fått veta namnet på sin far har varit svårt att ta in. Och särskilt att fadern uppenbarligen behandlat hans mamma så illa. John hade allt bra gärna velat säga några ord till mannen som först misshandlat sin fru och sedan övergett både fru och barn. Eller hur var det nu? Han försvann troligen ur deras liv någon gång i början av femtio-talet, kanske 1952 eller 1953, eftersom John inte har något aktivt minne av honom. Men sedan hade han levt ända till 1957. Hur hade faderns liv gestaltat sig de sista åren? Och varför låg han begravd i en by John aldrig hade hört talas om? Öxabäck.

Detektiven i honom vaknar, och han beslutar sig för att börja forska i sin bakgrund. Han vill bra gärna veta vem denne Rolf Skoglund, som varit hans far, hade varit. Ingenting om hans yrke, eventuella andra barn eller släktingar hade framkommit ur Lillemors anteckningar.

Med en aning av dåligt samvete lämnar han sitt oorganiserade rum åt sitt öde – att hitta sitt ursprung känns viktigare. Men vilken ända ska han börja i? Att Lillemor var född i Staffanstorp visste han. Staffanstorp eller rättare sagt Nevishög, där hennes far hade ett skrädderi. Mamman var, som vanligt var vid den tiden, förstås hemmafru. Av henne lärde sig Lillemor allt hon kunde när det gällde syltning, saftning, konservering. bakning och matlagning. Hulda Nilsson var ett rekorderligt fruntimmer, berömd för sina kalas, då hon bjöd släktingar och mannens kunder på skånsk husmanskost, den ena rätten läckrare än den andra. Skräddar Anselm var inte av den sociala sorten, han höll sig – till skillnad från hustrun – gärna i bakgrunden. Några syskon hade Lillemor inte fått, åtminstone inget som överlevde spädbarnsåldern. John hade fått berättat för sig att det hade funnits ett tvillingpar, Erik och Olof, som föddes för tidigt och bara levde ett par månader. Så Lillemor hade vuxit upp som ensamt barn, precis som John.

Men hur ska han kunna få reda på något om sin far? Namnet

"Öxabäck" finns där i hans bakhuvud och lämnar honom ingen ro. Han plockar fram en Sverigekarta, och efter en stund finner han byn. Intill Kinna och Skene och inte så långt från Borås. I Borås har han varit på skolresa en gång för längesen. Visst fanns det en djurpark där? Han kom ihåg berättelsen om en man som uppfostrade lejon hemma hos sig i sin bostad. Eller var det en skröna?

John skakar på huvudet. Nej, han måste nog ge sig till att forska i myndighetspapper för att komma någonvart i sitt sökande. Så slår det honom att han faktiskt har en kollega som ägnar sig åt släkt-forskning. Han kan säkert tipsa John om rätt väg att gå.

"Hej, Arne. Det är John på mordroteln. Du är på plats, förstår jag – så du har inte semester än?"

"Men så roligt att du hör av dig! Dig ser jag inte alltför ofta. Ibland känns det som om det är vattentäta skott mellan trafik och krim. Jag tolkar det som att du njuter av semesterledighet, eller hur?"

"Jajamensan. Två veckor till. Men Arne … jag har faktiskt en spe-ciell anledning att ringa dig. Visst håller du på med släktforskning?"

"Ja, det kan man väl säga. Jag har hållit på några år och kommit tillbaka ända till mitten av 1700-talet. Utan att hitta några mördare eller andra våldsverkare bland förfäderna."

Han skrattar, men fortsätter:

"Tänker du börja forska? Någon särskild anledning att du kom-mit på det nu?"

"Ja, min mamma dog utan att berätta något om vem min far var.

Det är i och för sig tio år sedan hon gick bort, men tiden har bara försvunnit och först nu har jag börjat titta i hennes gamla album och dagboksanteckningar. Hon vägrade konsekvent säga vem han var, menade att han aldrig hade fört något gott med sig, att jag hade det bättre utan honom. Men nu börjar jag bli nyfiken. Jag hittade till exempel en bild på hans gravsten …"

Arne avbryter honom.

"Jamen då har du en tråd att börja i – födelse- och dödsdatum. Var ligger han begravd?"

"I en liten by någonstans i hotahejti, Öxabäck."

"Hmm, jag tror jag hört talas om den. Ligger den inte mitt i Knallebygden?"

"Det kan nog stämma. Jag hittade den på kartan, och den ligger i Västergötland inte så långt från Borås."

"Du, jag är lite pressad på jobbet nu, men det låter spännande. Kan vi ses i eftermiddag? Jag kan komma hem till dig, om det passar. Ska vi säga vid sextiden?"

Och så bestämmer de att träffas senare samma dag, och John känner pirret i magen. Vad kommer han att få veta? Vill han veta vad som kanske avslöjas? Men nu har han tagit första steget, och någon återvändo finns inte. Det är dags att ta reda på vem Rolf Skoglund var.

Kapitel fjorton

Arnes hjälp hade varit guld värd. Skickligt hade han lotsat John genom församlingsböcker och allehanda andra källor, som John inte hade haft en aning om fanns. Vad det lett till var trots allt inte alltför mycket information. Rolf Skoglund hade flyttat ett otal gånger under sitt liv, men så mycket kom de fram till som att han var född i Öxabäck.

"Då har jag väl inget val", muttrar John för sig själv där han sitter ensam på sin altan med sin starköl. Och den lilla snapsen förstås.

"Svaret måste finnas i Öxabäck, och med flera semesterdagar kvar skulle jag kunna ta mig dit. Byn är nog inte så stor, så där känner väl alla till varandra. Där vet man säkert vem Rolf var. Hoppas jag."

Vanan att prata för sig själv har kommit lite i taget. Kanske för att bryta ensamheten? För att åtminstone höra någons röst om så bara sin egen. Någon kvinna har aldrig kommit in i hans liv. Inte sen han flyttade till Bjärred i alla fall. Vad som hänt under hans sejourer utomlands, vill han inte tänka på nu. Arbetet har fört med sig utlandstjänstgöring vid några tillfällen, och där han varit stationerad har ljuva känslor uppstått mellan honom och en – eller om det var mer än en? – kvinna. Men i samma stund han kommit tillbaka till Sverige har romansen försjunkit i glömska. Varför är det så svårt för honom att hitta någon här hemma? Det har han aldrig förstått. I Afrika hade det ju inte varit några svårigheter …

Men nu handlar det om efterforskningen av hans rötter. John funderar där han sitter och njuter av havsutsikten denna soliga försommardag. Öxabäck, ja det är definitivt en ort han borde besöka eftersom det uppenbarligen hade varit faderns slutstation, men fanns det fler ställen där han hade bott? Att han bott tillsammans med Lillemor och sin lille son i villan i Bjärred i början av femtiotalet vet han säkert, men vart tog han vägen när han lämnade dem? Arne hade gjort vad han kunnat och kommit fram till att Rolf troligen bott en period i Göteborg, men vad han försörjt sig med där hade han inte kunnat hitta. Och eftersom Lillemor var så förtegen om allt som rörde Johns pappa, har han inte fått veta något över huvud taget av henne. Han svär inom sig. Denna stolthet, eller vad det nu var, satte käppar i hjulet för honom. Nu har nyfikenheten väckts, och på något sätt vill han verkligen veta vem Rolf Skoglund var. Kvinnomisshandlare, ja det vet han säkert, men vilka positiva sidor hade hans far haft? Nog måste det ha funnits några …

John konstaterar att han har inget annat val än att söka utifrån de fakta han har, och med tanke på att Öxabäck där fadern begravts är en liten by kanske han via byskvaller skulle kunna få veta något som kan leda honom vidare. Så – Öxabäck, here I come!

Kapitel femton

Denna sommarmånad var det verkligen ett varannandagsväder. Dagen efter det envetet strilande regnet skiner solen från en molnfri himmel, och vid frukosten börjar Catrin planera för dagens utflykt. Eftersom hon vaknat redan vid sextiden av högljutt fågelkvitter genom det öppna sovrumsfönstret och inte har något annat planerat denna dag, har hon många timmar till sitt förfogande för en härlig cykeltur med lunchen som matsäck.

Ett ställe som lockar henne är Seatons kulle. Hon har läst om den i en gammal turistbroschyr som legat i pappersinsamlingen. Den hade hon nappat åt sig, och trots att den är mer än fem år gammal gäller väl det mesta fortfarande. Åtminstone måste väl utsiktsplatsen på Hyltenäs kulle, som fått namnet Seatons kulle, finnas kvar. George Seaton var, har hon läst sig till, en förmögen grosshandlare i Göteborg, som hade stort intresse för naturliv, jakt och fiske. När han letade efter en vacker plats för att bygga sig ett jaktslott hittade han Hyltenäs kulle.

Catrin brer snabbt några smörgåsar med ost och skinka, fyller en termos med kaffe och kompletterar matsäcken med en vattenflaska och ett par äpplen, som hon stoppar ner i cykelkorgen. En tunn regnkappa för säkerhets skull och så hoppar hon på cykeln och beger sig iväg.

Hon cyklar ner genom Hägnen, följer Sandsjön mot Torestorp

där hon hämtar andan, går in i lanthandeln och köper en påse godis. Om det nu var så att hon skulle behöva höja blodsockret. Men hon ler inom sig, väl medveten om att hon är en godisgris som helt enkelt älskar Bridgeblandning, påsen som nu får göra de nyttiga äpplena sällskap i korgen.

Kommunen är verkligen en sjöarnas kommun – strax skymtar hon sjön Tolken, och när hon når udden där dansstället Hjortnäs ligger, stannar hon till. På förmiddagen en sommarvardag är festplatsen öde och tom, men Catrin tar sig in och vemodiga men också lyckliga minnen faller över henne. Här dansade hon med sin första förälskelse, Kjell, som var kompis till Ingers bröder. Ljust lockigt hår, lång och gänglig och med skrattgropar i båda kinderna. Så kär hon hade varit! Men det tog slut. Han berättade efter ett par underbara månader att han träffat en annan tjej, Marita, som han nu ville vara tillsammans med. Det hade gjort ont, så ont, men hon hade faktiskt kommit över det även om hon då när det hände bara tyckte att nu tog livet slut. Femton år och lämnad av sitt livs första stora kärlek.

Catrin går förbi tombolastånd, varmkorvlucka och dansbana. Nu finns här mer aktiviteter som förmodligen lockar en bredare publik, kanske till och med barnfamiljer. Men då, i decennieskiftet 1960-1970, var det mest ungdomar som kom hit för att dansa och säkert alltid med hopp om att hitta någon att bli kär i.

Nedanför själva festplatsen sluttar slänten ner mot sjön, och där sätter hon sig ner och plockar fram vattenflaskan och ett äpple. Och kan inte låta bli att öppna påsen med Bridgeblandning och njuta av en näve blandade godisbitar. Utsikten över sjön lika vacker nu som då. Kanske kan hon uppskatta den ännu mer nu, när kärleksbekymmer är ett passerat stadium. Eller? Nej, den tanken skjuter hon genast undan. Även om hon erkänner att hon blivit attraherad av Jörgen och har svårt att sluta tänka på honom, är hon mycket väl medveten om att det är Charles som är mannen i hennes liv och så ska förbli. Tankarna stör henne, så hon återvänder till cykeln och den sista etappen för att nå målet.

Den branta backen upp till Seatons kulle, kantad av en imponerande lindallé, slingrar sig upp och är utmanande. Äntligen uppe kastar hon cykeln från sig och sjunker utpumpad ner på gräset bredvid den. En slurk vatten och så är hon redo att utforska denna plats som så kittlar hennes fantasi. Uppslagsboken, som hon hittat i bokhyllan i Röllese, berättade att George Seaton hade köpt mark uppe på Hyltenäs kulle hösten 1915. Det dröjde inte länge förrän bygget av ett jaktslott påbörjades. Det var i stort sett klart följande år, och eftersom Seaton inte bara hade köpt en tomt för uppförande av själva slottet utan också hade tillförskansat sig de omgivande markerna, gjorde slottet verkligen skäl för att vara ett jaktslott. Avsikten var nämligen att här skulle födas upp fasaner med sikte på fasanjakt.

Slottet började användas 1917 och var verkligen något alldeles särskilt, såväl när det kom till den exklusiva inredningen som till den moderna centrala uppvärmningen som komplement till ett antal utsökta kakelugnar. Ett eget kraftverk byggdes också för försörjning av elektricitet. Utöver detta omgavs slottet av en stor välplanerad trädgård med exotiska växter.

Catrin blundar och försöker tänka sig hur det såg ut i början av nittonhundratalet, men när hon öppnar ögonen är det enda hon ser ruiner. Tragiskt och beklämmande. Denna storstilade satsning hade bara fått finnas kvar några år. Redan 1923 brann jaktslottet ner till grunden, bara ytterväggarna fanns kvar. Nu har trädgården sedan länge vuxit igen, men platsen har behållit sin dragningskraft. Seatons kulle har blivit naturreservat och lockar tusentals besökare varje sommar. Utsikten är verkligen bedövande vacker.

En stor fågel flyger i stora cirklar över kullen, precis som om den bevakar sitt revir. Kanske är det en örn. Hon kisar mot himlen och konstaterar att visst är det en imponerande kungsörn. Hon ryser till när den gör en lov så nära att hon kan se de kraftiga klorna. Så lyfter den igen och seglar bort över trädtopparna.

Catrin slår sig ner nära branten och låter blicken svepa över Öresjön – en av kommunens många sjöar – och landskapet runt omkring. Målets magi är den ibland rätt mödosamma cykelturen värd. Här kan hon stanna en god stund och äta sina lunchmackor och meditera i ensamhet, eftersom hon lyckligtvis är den enda som tagit sig hit upp denna försommartisdag. Innan den förmodade turistinvasionen. Hon njuter i fulla drag och lägger sig ner på gräset med slutna ögon, mätt och belåten. Och somnar.

Plötsligt väcks Catrin av ett ljud i närheten. Några grenar som bryts som om någon försöker är på väg mot henne genom buskaget. Hon ser sig förvirrad omkring och reser sig upp på ostadiga ben. Är hon inte längre ensam? Där, bakom några buskar, ser hon någon eller något röra sig. Ett rådjur? Eller kanske en älg? Nu är hennes sinnen på helspänn. Vad ska hon göra om en älg kommer rusande mot henne? Hjärtat bankar som en stångjärnshammare i bröstet på henne, och hon ser sig om efter någonstans att ta skydd. Om det nu är ett stort djur som bryter sig fram genom buskaget.

Men nej, faran över, tänker hon. Faran som aldrig varit någon fara. Obevandrad i djurlivet uppe på kullen hade kanske rädslan för älgar eller rådjur varit obefogad. I vilket fall är det bara en ung pojke som mer eller mindre släpar sig fram mot henne. Är han skadad? Catrin tar ett par snabba steg mot honom, men när hon närmar sig ryggar han tillbaka med skräck i blicken.

"Bli inte rädd! Jag är inte farlig." säger hon i brist på bättre.

Vad säger man till någon som plötsligt befinner sig mittemot en, darrande och med skräckslagen blick? Hon lägger försiktigt en hand på hans axel. Han rycker till men sätter sig sedan ner och tårarna börjar rinna.

"Men vad har hänt? Är du skadad?" frågar hon med mjuk stämma för att inte skrämma honom.

Han skakar bara på huvudet, och nu gråter han häftigt hulkande. Hon sätter sig bredvid honom, stryker honom sakta över ryggen och väntar. Gråten lugnar ner sig efter en stund, och Catrin plockar fram en servett och ger honom. Han torkar sig i ansiktet, snörvlar och snyter sig. Så lyfter han blicken och ser på henne.

"Det är så hemskt ..." får han fram med knappt hörbar stämma. " ... så hemskt och jag förstår inte ..."

När pojken lugnat sig ännu mer tar han tacksamt emot hennes kvarlämnade smörgås och en mugg kaffe. Slukar den som om han inte sett mat på evigheter. Catrin betraktar honom förbryllad. Kan han ha blivit överfallen? Men hon har inte sett en människa på väg upp till kullen. Det låter inte troligt, men att han är upprörd – ja rent av skräckslagen – är uppenbart.

"Kan du berätta vad som har hänt? Kan jag hjälpa dig på något sätt?"

Han skakar på huvudet.

"Ingen kan hjälpa mig. Allt är för sent."

Kapitel sexton

Catrin ser sig inte någon annan råd än att ta den förvirrade pojken med sig hem. Han är liten och spenslig, så det är inget problem för henne att cykla hemåt med honom på pakethållaren. Hon har inte fått något mer ur honom uppe på kullen trots flera lirkande försök. Så beslutet att i första hand ta med honom till Röllese, försöka få ur honom vem han är och vad som hänt är vad som ligger närmast till hands. Beroende på vad som framkommer blir hon antingen tvungen att kontakta socialkontoret i Kinna eller kanske till och med lokalpolisen sedan. Pojken är fortfarande skräckslagen och vad orsaken är har hon inte fått någon klarhet i. Han mumlar något om benrester, döda människor. Hans våta och leriga kläder förbryllar henne – uppe på kullen var marken torr. När hon placerat honom i vardagsrumssoffan verkar han vara alldeles borta, nästan inte kontaktbar.

"Hur mår du? Kan du berätta mer om vad det var som hände där borta vid kullen? Är det något jag kan hjälpa dig med? Någon du vill kontakta?"

Catrin känner sig nästan lika förvirrad som pojken verkar. Varifrån kommer han? Hon såg honom ju bara krypa fram ur buskarna uppe på Seatons kulle. Frågorna hon vill ställa är många, men hon inser att hon knappast kan få några svar just nu. Det enda hon vet är hans namn. Joakim Knutsson. Det fick han fram uppe på kullen, det enda vettiga hon fått ur honom där.

Joakim stirrar bara framför sig där han sitter i soffan i vardagsrummet. Uppenbarligen fortfarande chockad av något han sett. Catrin sveper en filt om honom och går ut i köket. Kanske kan hon få i honom en kopp te. Chockade människor behöver värme, det vet hon, men hur hon ska få honom att vakna upp ur sitt förvirrade tillstånd vet hon inte. Hon behöver åtminstone få någon klarhet i om han har någon familj hon kan kontakta, och förhoppningsvis också få veta vad som skrämt honom.

Nästa morgon vaknar Catrin av högljudda snarkningar. Hon smyger ner till vardagsrummet, råkar knuffa till vedkorgen och pojken i soffan vaknar och sätter sig upp. Han ser sig förvirrad omkring, vet uppenbarligen inte var han befinner sig. Catrin ler lugnande mot honom.

”God morgon, Joakim! Det ser ut som om du sovit gott. Trots allt.”

Han ser frågande på henne.

”Vem är du? Var är jag?”

Catrin slår sig ner bredvid honom.

”Jag hittade dig uppe på Seatons Kulle i går eftermiddag, och eftersom du verkade rätt förvirrad fick du följa med mig hem. Minns du inte?”

”Jo …” han drar på det. ”Jag var där …”

Och så ryser han till.

”Det var så hemskt … så mycket hände och jag bara sprang därifrån. Såg du dem?”

Nu är det Catrin som blir förvirrad. "Dem"? Hon hade inte sett någon annan än Joakim, inte hört något heller. Han hade mumlat något om benrester men inte sagt något om andra människor.

"Var du inte ensam?"

Han skakar på huvudet.

"Nej. Men det var innan … jag vet inte längre."

Han tystnar.

"Allt var så konstigt, så hemskt …"

Catrin sitter tyst och betraktar den spenslige pojken med tovigt hår och skräck i blicken. Något hade skrämt honom och det rejält. Vad var svårt att få ur honom. Var detta en polisfråga? Eller är han psykiskt störd och har inbillat sig allt?

"Vi äter frukost och sen får vi se", säger hon bestämt och går ut i köket för att sätta på kaffe.

De äter utan att säga något, men till slut bryter Catrin tystnaden:

"Var bor du? Har du någon familj som vi kan ringa till? Du borde väl ta dig hem, tänker jag. Någon blev väl orolig när du inte kom hem i går kväll?"

Joakim skakar på huvudet.

"Nej, oroliga är de nog inte, men kanske undrar de. Jag vill inte tillbaka i alla fall."

"Men vart ska du ta vägen då? Här kan du inte stanna. Jag är säker på att någon väntar på dig någonstans … Nere i byn? Eller i Kinna kanske?"

Han ler sorgset.

"Nej, om de väntar på mig är det bara för att straffa mig. Jag smet ju ... rymde. Pastor Johannes ... han är sträng."

Joakim diskar kopp och assiett, torkar av bordet efter sig. En väluppfostrad pojke, tänker Catrin, men varifrån kommer han? Pastor Johannes har hon aldrig hört talas om. Prästen i byn heter Ingvar Samuelsson och någon annan präst finns inte i församlingen. Kunde det vara någon frireligiös församling Joakim pratade om? I så fall verkade det vara något som var mer eller mindre hemligt. Annars hade Inger säkert berättat om det. Just det. Det slår henne plötsligt att Inger nämnt något om en religiös församling i samband med Jörgen. Men kunde det verkligen stämma? Nej, knappast. Jörgen har inte gett intryck av att höra till någon flummig församling av något slag. Det måste Inger ha fått om bakfoten. Ändå. Joakim pratar om en pastor ...

"Är du rädd för pastor Johannes? Var är han förresten?"

"Rädd ... ja, han kan vara riktigt otäck om man inte gör som han säger. Det är ju han som är ledaren, nästan som Gud. Honom får man inte stöta sig med. Men om man lyder är han bra. Det är han som vet allt, som bestämmer allt för oss som bor där."

"Bor var?"

"Vet du inte det? I den gamla byskolan bara en liten bit härifrån. Känner du verkligen inte till oss? Den Levande Tron ..."

Catrin är än mer förvirrad. Den gamla byskolan minns hon från barndomssomrarna i Röllese, men den hade stått övergiven många år och hade i det närmaste varit förfallen som hon kom ihåg det. Hon hade aldrig varit där, det hade – som så ofta när det gäller övergivna byggnader – gått vilda rykten om spöken, att det var någon gammal lärare som gick igen. Där hade funnits en lärarbostad också och några uthus. Som hon mindes det kallades denna lilla antydan till by för Skogsgläntan. Bodde det folk där nu? Joakim vill tydligen inte tillbaka dit, så hennes första tanke är att ringa Inger och fråga om hon har något gott råd att ge, men hon kommer bara fram till telefonsvararen. Väninnan är nog inte hemma. Hon vänder sig mot Joakim och ser att han sitter och gråter. Hulkar förtvivlat.

"Nej! Dit vill jag aldrig mer! Inte till pastor Johannes!"

Kapitel sjutton

Catrin hade ringt socialkontoret, och de hade skickat upp en socialsekreterare till Röllese för att ta hand om Joakim. Han hade inte protesterat utan snällt följt med henne. Allt var uppenbarligen bättre än att återvända till byskolan. Och pastor Johannes.

Dagarna gick, och Catrin ägnade dem mest åt promenader och cykelturer i omgivningen. Jörgen hade dykt upp några kvällar, och det hade också hänt att hon knackat på i den lilla röda stugan för en stunds prat. Han intresserade henne, det kunde hon inte förneka.

Mötena med hennes hyresvärd lämnade henne ingen ro. Stunderna i hans kök, hans leende, den intensiva blicken … De spontana besöken då han knackat på flera kvällar, och de hade suttit och pratat till långt fram på småtimmarna. Bara pratat, men …

Catrin ruskar på sig, som om hon vill kasta bort känslor han väckt. Ändå inte. Det kändes dubbelt. Å ena sidan är hon tryggt förankrad i relationen med Charles, mannen hon älskar, som hon är övertygad om är den hon ska leva resten av sitt liv tillsammans med. Å andra sidan kan hon inte förneka att Jörgen påverkar henne. Starkare än hon hade väntat sig att någon skulle kunna göra.

Skymningen faller sakta över gården i Röllese. Catrin försöker skingra tankarna genom att rumstera om i köket, plocka fram ingredienser till kvällsmåltiden, slå upp ett glas vitt vin. De förbjudna tankarna.

Hon tänder ljusen i kandelabern på soffbordet, slår sig ner och njuter av salladen med räkor, inköpta av fiskbilen som hållit nere i byn tidigare samma dag. Skaldjur från västkusten, solmogna tomater, sallad och gurka som Inger kommit med från sitt eget grönsaksland dagen innan.

Livet är skönt, hon njuter i fulla drag men ... Det slår henne att hon inte pratat med Charles sedan förra veckan. Han har inte hört av sig och hon har inte heller kommit sig för att ringa. Upptagen av promenader, dagsutflykter på cykel. Och möten med Jörgen.

Jörgen ... det är som om han tvingar sig in i hennes huvud på något sätt som hon inte kan hejda. Vad är det som händer? Den ende man som berört henne tidigare är Charles. Flyktiga tonårsförälskelser är sedan länge bortglömda. De hade inte lämnat några bestående intryck, men Charles. Han hade tagit henne med storm. Eller hur hade det egentligen varit? Hon rynkade pannan, tänkte på tiden på polishögskolan, där han hade varit den hon pluggat tillsammans med, tagit en öl med lediga kvällar, diskuterat krångliga uppgifter inför tentorna med. Men förälskad? Det var långt senare hon insett att det hon kände för honom var mer än vänskap. Och visst hade insikten överrumplat henne när hon en sen kväll, när de suttit i hennes etta i utkanten av Lund med tömda vinglas i ljuset av nästan nedbrunna stearinljus efter en analyserande diskussion om dagens arbete. Hon hade mött hans blick som om det varit första gången de verkligen sett varandra. På ett nytt sätt, och då hade hon bara vetat att det var honom hon ville leva med. Att hon älskade honom, och hon hade nuddat hans kind med fingertopparna och luften hade vibrerat mellan dem.

Han hade inte gått hem till sig den kvällen, och nästa morgon visste de båda vad de egentligen vetat hela tiden. Att det de kände för varandra var mer än "bara" vänskap. Catrin hade sagt upp sin lilla etta och flyttat in i Charles andrahandsetta på Möllevången. Resten var historia.

Sambo i den minimala lägenheten i Malmö, förlovning, en efterlängtad son och nu till och med ett eget hus i Habo Ljung. De hade ägnat en hel sommar åt att isolera och rusta upp den enkla sommarstugan som till slut blivit den perfekta bostaden med såväl en generöst tilltagen altan som en trädgård med både fruktträd och prunkande blomsterrabatter. Livet hade blivit så perfekt. Men nu hade nya känslor infiltrerat det hon trodde aldrig skulle kunna förändras. Jörgen.

Inte för att hon fryser, men hon laddar kaminen med gamla tidningar, spånor och några vedträn. Elden flammar upp, och hon sitter kvar på golvet och betraktar lågorna. Tallriken diskad, vinglaset påfyllt igen. Det här gick inte. Hon saknar Charles röst, hans värme, hela honom så att det gör ont.

Catrin slår numret till sin älskade man och väntar otåligt medan signalerna går fram. Många signaler, och besviken ska hon just lägga på luren när en röst svarar.

"Charles telefon, det är Mia."

Kapitel arton

1979

På plats vid institutionen för arkeologi vid Lunds universitet kastar Jörgen sig över studierna med liv och lust. Han ser klara kopplingar mellan religionshistoria och arkeologi och fördjupar sig i skrifter om de stora folkvandringarna som skedde på 300-500-talen anno Domini. Här stöter han på vaga antydningar om att de stammar som under den perioden invandrade till Norden bar med sig en främmande religion som kolliderade med urbefolkningens tro på en mångfald av gudar. Någon hänvisning till vilken religion det handlade om angavs inte, bara antydningar.

Jörgen blir mer eller mindre besatt av tanken på att försöka hitta fler källor som kan leda honom till vilken religion de invandrande stammarna fört med sig. Hans fokus ligger på att om möjligt hitta bevis på att det var kristendomen som kom redan då. Om det visar sig vara så, skulle den nordiska historien förändras radikalt. Enligt vedertagen historia kom ju munken Ansgar till Norden först i början av 820-talet. Han var så vitt man vet den förste att predika om Jesus Kristus. Ju mer Jörgen söker desto mer övertygad blir han om att han är något verkligt revolutionerande på spåret.

Kristendomen var redan på 300-talet en utbredd och vedertagen religion runt Medelhavet. Varför skulle det då ha dröjt femhundra år till innan religionen nådde Norden? Jörgen söker intensivt efter något som skulle kunna ge honom rätt i hans teorier om ett tidigare kristnande av de nordiska länderna, och då kommer han i kontakt med begreppet Vendeltiden i en skrift utgiven av Svenska Arkeologiska föreningen. Där nämns i allmänna ordalag att man ansåg att det fanns fog för att börja söka efter fler tecken på Vendeltidens betydelse för vikingatidens inträde. Vikingatiden kom efter Vendeltiden, och nu söker Jörgen sig till utgrävningarna i Uppåkra för att få mer kunskap.

Som ämne för sin doktorsavhandling i arkeologi väljer han *När kom kristendomen till Norden?* och med en uppväxt i en strängt religiös familj förstärks samtidigt hans tro på en högre makt. Han drivs framåt av sin övertygelse om Guds ordning. Minutiös ordning, minimalism och kyskhet blir ledord för honom.

Jörgen återvänder till religionshistorien när Lunds stift söker en arkivarieassistent. Nere i det mäktiga källarvalvet på Biskopsgården får han sitt lystmäte av gamla skrifter. Han söker sig till pärmar med såväl uråldriga som moderna skrifter som beskriver Vendeltidens framväxande i Norden. Då hittar han texter som speciellt pekar på det område i Västergötland som i dag kallas för Sjuhäradsbygden. Där lär den invandrande befolkningen under Vendeltiden haft stort inflytande, och det handlar om just den historiska period Jörgen fördjupat sig i, nämligen åren mellan 300 och 500 efter Kristus. Ursprungsbefolkningen i denna trakt fördrevs till nuvarande Uppland, och invandrarna bosatte sig i forntidens Sjuhäradsbygd. En del skrifter tyder på att de införde sin religion med bara en gud, medan andra menar att en del av stammarna som kom till trakten liksom ursprungsbefolkningen trodde på flera gudar.

Dessa motsägelsefulla uppgifter gör att Jörgen känner sig uppmuntrad att gå vidare med sina teorier. Han tar kontakt med institutionen för arkeologi, och där möts han till sin stora glädje av ett intresse för möjligheten att Vendeltidens befolkning skulle kunna ha haft en religion där man tillbad endast en gud. I och för sig är detta inte en nyhet för institutionen. Där känner man väl till alla rykten som florerar om att kristendomen skulle ha kommit till Norden långt före Ansgars ankomst. Kyrkan, däremot, lyssnar inte på dessa teorier. Ändå finns det de som tycker att det kanske kan vara dags att undersöka frågan djupare.

Jörgen nappar på dessa tankegångar även om de sanningen att säga är ganska vaga och inte har någon större förankring i kyrkan. Han söker och beviljas såväl statsbidrag som ett – om än motvilligt – bidrag från kyrkan för att finansiera sin forskning och studier på plats i Marks kommun. Hans avsikt är att undersöka och dokumentera Vendeltidens religion med fokus på månggudatro alternativt tron på en gud för att sedan ha denna forskning som grund för sin doktorsavhandling.

Kyrkan och Domänverket, som äger stora arealer runt Öresjön i Marks kommun, står vid den här tidpunkten i begrepp att sälja av en del av marken till godset Svansjö säteri, som redan är ägare av en del mark runt Öresjön och Öxabäck med omgivningar. Godsherren, greve af Silfverberg, avser att avverka stor del av skogen och därefter tillsammans med Bergsstaten börja bryta koppar och zink som lär förekomma i mindre omfattning i detta område. Innan försäljningen kan genomföras krävs brytningstillstånd som måste godkännas av Bergsstaten, Riksantikvarieämbetet och Länsstyrelsen. Vad som skulle kunna sätta käppar i hjulet för grevens planer är om området innehåller fynd av arkeologiskt värde.

Marken runt Öresjön var ännu inte utforskad ur arkeologisk synvinkel, men nu blir Jörgen Fredriksson utsedd av Länsstyrelsen att bedriva sin forskning här. Han ges rätten att göra fornminnesinventering och att bedriva arkeologiska undersökningar i området under två års tid. Riksantikvarieämbetet anser i och för sig att området är av mindre betydelse men ändå värt att inventera. Kulturgeografiska institutionen i Stockholm är av samma uppfattning.

Jörgens uppgift blir att på plats studera, kartlägga och dokumentera vad som finns av intresse. Man trodde sedan länge att området kunde ha varit bebott av invandrande folkstammar som sedan antingen fördrivits eller frivilligt flyttat norrut. Om inget unikt ur arkeologisk synvinkel kan påvisas, skulle Länsstyrelsen ge tillstånd till kalhyggesavverkning och meddela brytningstillstånd. Helt i linje med statens direktiv för brytning av metallerna koppar och zink. Först därefter kan försäljningen till greve af Silfverberg till ett redan skrivet och undertecknat kontrakt genomföras.

Innan Jörgen fått bidragen till sin forskning i Marks kommun beviljade, ägnar han en termin åt undervisning i religionshistoria med inriktning mot forntidens religioner, ett ämne som verkligen ligger honom varmt om hjärtat. Som engagerad föreläsare trollbinder han åhörarna, och bland dem några kvinnor som i slutet av terminen bjuder in honom till ett slutet sällskap. De ber honom prata om den kristna religionens intåg i Norden på temat Vendeltidens inflytande. Intresset är stort, och han känner att här har han funnit människor som inser vikten av hans forskning och hans teorier. Hans roll i sällskapet blir alltmer framträdande, och slutligen väljs han till ordförande. Kvinnorna, som först bjudit in honom, förblir honom trogna. De övriga medlemmarna tar avstånd från hans teser om ordning och reda, minimalistisk livsföring och dagliga böner till Jesus, eftersom de uppfattar honom som alltför extrem i sina teser.

Den karismatiske mannen som en gång startade det slutna sällskapet försvinner en dag utan att förklara sig eller ens säga adjö. Misstanken finns att han känt sig utmanövrerad av ordförande Jörgen, men i och med att ett stort antal medlemmar redan lämnat sällskapet saknas han av ingen. De enda kvarvarande medlemmarna är nu de tre kvinnor som var de som bjudit in Jörgen till sällskapet, och under hans ledarskap omvandlas sällskapet under namnet Den Levande Tron. För att markera förändringen väljer de tre kvinnorna nya namn, hämtade ur bibeln. Maria, Judith och Sara kommer nu att följa sin ledare, pastor Johannes alias Jörgen. Med glädje lyder de hans levnadsregler mer eller mindre slaviskt. Något utrymme för ifrågasättande finns inte men efterfrågas inte heller.

Från föräldralös yngling i Bjärred till vördad pastor i Lund. Nu började Jörgen Fredrikssons nya liv ...

Kapitel nitton

Fredagseftermiddag och kön inne i snabbköpet i Kinna är lång. Catrin betraktar kunderna före henne och deras varuvagnar. Intressant och stor skillnad. Medan hon väntar på sin tur fantiserar hon om kvinnan framför henne med utgångspunkt för vad hon plockat ner för varor i vagnen. Lite sliten, det kastanjebruna håret ostyrigt så att hon ideligen stryker undan en lock som faller ner i pannan, jeansen sitter nätt och jämnt uppe på den taniga kroppen, en urtvättad rosa t-shirt med ett blekt tryck föreställande en hundvalp. Tre stora påsar chips, sexpack lättöl, två stora flaskor coca cola, en ekonomiförpackning grillkorv, ketchup, korvbröd och en påse lösgodis som förmodligen väger närmast ett kilo.

Hon heter Ann-Britt, bestämmer Catrin, är trettioåtta år, gift med Kenneth, två barn – Camilla sex år och Dennis fyra år. Hon ler för sig själv och fortsätter fantisera. Ann-Britt bunkrar för fredagsmys, och troligen är Kenneth samtidigt på Systembolaget och köper starköl, rom – till colan – och eventuellt en flaska rödvin av den enklare sorten. Catrin skäms nästan när hon inser hur fördomsfull hon är. Troligen är allt helt åt skogen fel ...

”Men hej, Kattis! Det var längesen! Ses vi på bibblan i eftermiddag? Han som skriver deckarna om Wallander kommer och pratar om böckerna. Jätteintressant! Och du har handlat till eftersitsen ser jag."

Kassörskan känner tydligen "Ann-Britt", och med ett invärtes leende ändrar Catrin snabbt sin analys. Katarina, kallad Kattis, är ensamstående socialarbetare engagerad i kulturlivet i Mark och … Hon avbryts av kunden bakom henne i kön som otåligt knuffar henne i ryggen.

"Ska du handla eller?"

Med ett ursäktande leende lägger Catrin upp sina varor på bandet, betalar och packar ner allt i sin medhavda kasse.

"Hej … kul att ses."

En låg röst får henne att titta upp.

"Men Joakim! Så roligt att se dig igen! Hur har det gått? Du ser ut att må mycket bättre nu."

Han nickar.

"Jo, det är bra nu. Så bra det kan bli."

Catrin kastar en blick på sitt armbandsur. Av gammal vana – inte har hon någon tid att passa.

"Har du tid med en fika? Jag bjuder dig på kaffe och bulle på Thesalongen i hörnet vid Kyrkogatan. Om du har tid och vill, förstås."

"Ja", säger han dröjande. Som om han både ville och inte.

"Jo, gärna!" bestämmer han sig till slut.

De slår sig ner i soffgruppen i ena hörnet uppe på kaféet där det är lika vanligt att det dricks kaffe som te, trots namnet. Kanelbullarna är kända som Markbygdens bästa, och nog stämmer det. Joakim slukar sin i ett par tuggor, och när Catrin erbjuder sig att hämta en till protesterar han inte. Hungrig, tänker hon. Nästan utsvulten. Så hon nöjer sig inte med bara en extra bulle utan beställer en smörgås med ägg och ansjovis och en ostfralla också. Allt faller i god jord, och hon njuter av att se den spenslige pojken sätta i sig allt utan problem.

"Jag har tänkt på dig och det du berättade om benresterna nedanför Seatons kulle", säger hon när Joakim mätt och nöjd lutar sig tillbaka mot soffkuddarna.

Han sätter sig upp och ser sig oroligt omkring.

"Men … jag kanske hade fel …"

"Det lät inte så. Du var så skärrad när vi träffades däruppe på kullen, så du hade absolut blivit skrämd av något. Att hitta människoskallar – vem skulle inte bli skärrad av det. När vi pratade om det hemma hos mig sedan, fick jag en känsla av att det kanske hängde ihop med den där församlingen och pastor Johannes. Som du inte ville tillbaka till."

Joakim skakar på huvudet.

"Nej, jag vet inte … men jo, det var ben och skallar som låg där. En liten och en stor som bara flöt omkring i gyttjan."

Han tystnar. Ser ner på sina händer, fingrar med naglar nedbitna mer än Catrin någonsin sett. Så lyfter han blicken, betraktar henne eftertänksamt.

"Kan jag lita på dig?"

Catrin nickar.

"Ja, det kan du. Jag vill bara veta vad det var du blev så rädd för, och benrester … de kan förstås ha kommit från något djur. Trodde du att det handlade om människoben? Skallarna verkar förstås vara från människor, så …"

"Jag vet inte, men det var vad jag tänkte då. Du vet, församlingen. Jag sa inte så mycket om den, och jag vet inte allt förstås …"

Han tvekar, drar ett djupt andetag och fortsätter:

"Pastor Johannes är bra, väldigt bra, men ibland förstår jag inte allt han pratar om. Han predikar om renhet, om trohet och hängivelse. Vi måste göra allt för att Jesus ska ta emot oss på yttersta dagen, och pastorn har pratat om offer. Att vi måste vara beredda att offra, att offra det som kanske står oss allra närmast. Hur han tänker vet jag inte. Ibland drar han sig undan tillsammans med mariorna … ja, de två kvinnorna som bor i hans hus. Han har ett eget hus bakom byskolan, ett hus som ingen annan har tillträde till. Och vad de gör, särskilt när de vandrar bort genom skogen … nej, nu låter det bara konstigt!"

Han skakar uppgivet på huvudet.

"Jag kan inte förklara!"

Catrin klappar honom uppmuntrande på axeln. Väntar. Vill

inte stressa honom nu när han är på gång att berätta något hon anar kan hänga ihop med fynden på Seatons kulle. Att pastor Johannes leder en församling förstår hon nu, och med en rysning kopplar hon osökt hans prat om offer till benresterna. Är det möjligt att han förespråkar människooffer? Nu? I tider där också fanatiska församlingsledare borde veta bättre än att tro på sånt. Men om man skapar en församling, som i det närmaste liknar en sekt – finns det då något som hindrar sådana groteska tankar? Människooffer ... nej, det kunde inte vara möjligt.

"Joakim, du pratar om offer och att pastor Johannes och de där kvinnorna vandrar bort genom skogen. Har du någon aning om vad det handlar om? Tror du att det skulle kunna röra sig om offerritualer?"

Joakim reser sig häftigt.

"Nej, nej, nej! Så kan det inte vara! Jag måste gå nu."

Han river åt sig jackan och kepsen, som legat bredvid honom på soffan. Catrin tar honom i armen, hindrar honom från att springa iväg nerför trappan.

"Du, jag säger inte alls att det är så, men benrester ... det är en sak för polisen att reda ut. Det kan ju vara riktigt gamla benrester, kanske från forntiden. Kom nu! Du får följa med mig till polisen och berätta vad du såg och var det var!"

Joakim stannar upp, ser tvivlande på henne.

"Polisen? Ska jag följa med dig till polisen?"

Hon nickar.

"Ja, så får vi säkert någon rimlig förklaring. Det är antagligen inte något otäckt som har hänt. Det finns säkert en helt naturlig förklaring och då kan du koppla av och glömma det hela. Om vi inte gör det kommer du bara att fantisera om sånt som skrämmer dig alldeles i onödan."

"Okej då", säger han tyst och följer med henne ut på gatan. "Jag gör väl det då."

Med blandade känslor tar Catrin honom med sig till polisstationen. En helt naturlig förklaring, tänker hon men är inte alls så övertygad som hon försökt låta. När hon lägger ihop två och två inser hon att det kanske inte var så odramatiskt när allt kom omkring.

En karismatisk församlingsledare som satt skräck i en ung pojke, benrester på ett ställe där offerritualer kanske ägt rum någon gång i forntiden ... och pastor Johannes hade pratat om att offra "det som står oss allra närmast" ... Vem var denne pastor Johannes egentligen?

Honom skulle hon verkligen vilja träffa.

Kapitel tjugo

1982

Jörgen är lycklig. Det uppdrag han fått av myndigheterna betyder mycket för hans självförtroende. Det känns lite som om han gjort något som ingen annan gjort. Steget är taget och hösten 1982 flyttar Jörgen till den lilla byn Röllese som ligger i utkanten av Torestorp. Där har Domänverket sett till att hyra ett hus åt honom. Ägaren till huset är Per-Arne Bengtsson och hans syskon, och Jörgen erbjuds köpa hela gården, till vilken det lilla huset hör, för en billig penning. Han har önskat sig en enkel bostad utan grannar alldeles inpå sig där han skulle kunna bedriva sina undersökningar i all enkelhet, och hans önskan är härmed tillgodosedd. Huvudbyggnaden på gården kan han eventuellt hyra ut framöver, men till en början vill han helst bo i den enkla stugan utan moderniteter.

Jörgens kapital från försäljningen av föräldrahuset har förräntat sig väl. I förlängningen är hans plan att om han trivs, vilket han inte betvivlar, permanenta sitt boende i Sjuhäradsbygden. Bostaden är en liten röd stuga från början av seklet och avsedd som undantagsstuga till huvudbyggnaden. Vacker miljö och ensligt, lugnt läge samtidigt som han kan behålla kontakterna med Lund.

Jörgen och greven är jämnåriga. De delar intresset för bygdens historia. Ju mer Jörgen förklarar sitt uppdrag desto mer intensifieras och fördjupas deras samtal. Greven ställer även sin terräng-gående fyrhjulsdrivna motorcykel till Jörgens förfogande vilket underlättar. Han förklarar också sitt intresse av att avverka stora delar av skogsarealen och börja bryta mineraler- De kan sitta till långt in på småtimmarna och diskutera huruvida avverkning av skogarna är viktigare att genomföra än att bevara fornlämningarna i området orörda.

Vänskapen mellan greven och Jörgen växer, och när Jörgen börjar prata om att köpa tomter i trakten, får han ett förmånligt erbjudande av greven att köpa några mindre tomter, där det bland annat finns en gammal nerlagd byskola. Jörgen tar tacksamt emot erbjudandet och börjar med hjälp av sina fondpengar, som vuxit rejält, renovera såväl skolan som lärarbostaden alldeles intill. Han bor under tiden fortfarande i den enkla stugan i Röllese. Planerna för byskolan med intilliggande byggnader är andra ...

Under sina två uppdragsår bedriver Jörgen sina arkeologiska efterforskningar och studier, men han har inte lämnat Den levande Tron. Maria, en av kvinnorna i församlingen, har följt med honom till Sjuhäradsbygden på hans tvååriga uppdrag. Den mesta tiden bor de tillsammans i lärarbostaden, ensligt belägen i den lilla husklungan, Skogsgläntan, med byskolan som centrum. Dit kommer man via en smal grusväg som går in i skogen från den branta backen mellan Torestorp och Öxabäck. Stugan i Röllese, som hör till gården han köpt av familjen Bengtsson, fortsätter Jörgen använda som arbetsplats för forskningsuppdraget.

Skolan inreder han och Maria till en samlingsplats för dem som fängslats av Jörgens predikningar och vill bli medlemmar i Den Levande Tron. Här i Skogsgläntan är han inte forskaren Jörgen Fredriksson utan pastor Johannes. Från början består församlingen bara av Maria, pastor Johannes och de två andra kvinnorna från Lund, Sara och Judith. Att pastor Johannes och Maria är ett par står klart för de andra kvinnorna, men de delar alla fyra hushåll och bor tillsammans i den gamla lärarbostaden.

Ryktet sprids om pastor Johannes läror, och fler och fler ansluter sig till Den Levande Tron. Han håller regelbundet predikningar, bjuder in till kurser med inriktning på hans övertygelse om den rena livsföringen i ett liv med Jesus Kristus som ledstjärna. Han inser att flera av de nya medlemmarna visar sig vara beredda att lämna sitt vanliga liv bakom sig för att helt och fullt ansluta sig till Den Levande Tron. Därför påbörjas byggande av flera enkla hus på tomten vid byskolan, där de som så önskar ska kunna bo.

Tiden för att avge slutrapport från forskningsuppdraget närmar sig. I början av 1985 kallas Jörgen till universitetet. Det är en annan Jörgen som uppenbarar sig än den som för två år sedan skickades ut på uppdraget. Han är tanig, långhårig, skäggig men välklädd om än på ett asketiskt sätt. Associationerna går till mellanösterns klädstil med vida byxor, långskjorta och en huvudbonad mitt på hjässan. Jörgen berättar att han genomgått en mognadsprocess. Vad han däremot inte berättar, är att den processen innebär ett religiöst uppvaknande.

Dagen kommer när han måste redovisa sina två års forskning och inventering. Han sammanfattar resultatet av sitt uppdrag muntligt under en dryg timme och överlämnar därefter sin rapport, som är mycket detaljerad och professionellt utförd. Helt enligt regelboken. Uppdragsgivaren representeras av en kvinna från Domänverket och bisittaren är en högt uppsatt tjänsteman från kyrkan. Representanten från arkeologiska institutionen är sjukanmäld. De lyssnar på hans föredragning och ställer några kompletterande frågor. Båda verkar frånvarande och i det närmaste ointresserade av hans rapport. Han avtackas på sedvanligt sätt, bjuds på lunch och sedan hör han inget förrän efter fem år, då myndigheten meddelar att det inte föreligger något hinder mot att godkänna en ansökan om brytningstillstånd. Besvikelsen är stor.

Parallellt med sitt uppdrag för myndigheterna skriver Jörgen på sin doktorsavhandling, som omfattar det han sysslat med de senaste två åren. Han har gett avhandlingen arbetstiteln *När kom kristendomen till Norden?* Hans arbete med doktorsavhandlingen är av sådan art att inte enbart den arkeologiska institutionen kan bedöma kvalitén av texterna, utan även den teologiska institutionen måste inkallas för att hjälpa till med att göra en bedömning av arbetet. Jörgen begär mer tid för att slutföra arbetet, något som också beviljas.

Kapitel tjugoett

1982

Det är en regnig kulen dag. Jörgen befinner sig på stranden nedanför Seatons kulle. Snöregn och kall vind drar in från Öresjön. Han har kartlagt gravfält med flata hällar, stenar utan inristningar och intressanta gravhögar, hällkistor, hålvägar formade som kors och mängder av symboler och föremål som skulle kunna tolkas som asagudtillbedjan men även symboler som ser ut som kristna kors. Alla dessa fornminnen tyder på Vendeltidens närvaro. Han är övertygad om att han har haft rätt. De som invandrade söderifrån måste ha varit kristnade. Alla tecken tyder på det. Men han saknar det slutliga beviset. En fysiskt kristen symbol, kanske ett tydligt definierat kors.

Ute på Nabben vid Öresjöns norra del finns ett begränsat litet område som ännu inte är kartlagt. Noga som han är – ordning och reda ska det vara – beslutar han sig för att på knä krypa runt ett litet klipparti. Terrängen är här näst intill otillgänglig och mycket tät av enebuskar, taggiga snår och annat som gör framkomligheten svår. Med hjälp av en batteridriven häcksax, stor kniv typ machete, spade och spett lyckas han röja en smal stig som tar honom ända fram till den råa klippan. Intill den svarta klippan finner han en inbuktning som intresserar honom. Jörgen känner igen den från tidigare utgrävningar. Den kan han gjorts av en mänsklig hand. Han gräver djupt runt klippan.

Jorden är mjuk men tung av sista tidens myckna nederbörd. På knappt en meters djup kommer spettet i kontakt med något rörligt. Han ser inget men känner en ojämnhet. Intresset ökar, han gräver djupare, bredare och frilägger ett område på någon kvadratmeter en och halv meter ner i marken. Där ligger en sten, ganska stor men inte jättestor. Den ligger inkilad i klippan, som om någon med kraft skjutit in stenen. Han slår flera gånger med spettet på stenen som rör sig. Han tar spaden och kilar in den mellan klippan och stenen.

Långsamt och med stor kraftansträngning lyckas han flytta stenen någon centimeter. Vegetation och annat bråte ligger i vägen, och han arbetar metodiskt och intensivt så att svetten lackar. Han får in handen, och ur den smala öppning som bildas strömmar unken luft ut mot honom. Bakom stenen finns ett tomrum. Han tar i igen och lyckas flytta stenen så att han kan komma bättre till. Tänder pannlampan och riktar strålen in i det mörka. Det måste vara en grotta. Han tar i igen och lyckas rubba stenen så långt att hålet vidgas lite till. Han överväger risken att krypa in genom hålet. Det finns en risk att stenen kan rulla tillbaka, men han fattar beslutet att försöka. Han slänger in verktygen så att de blir hans livlina om i fall att. Så kryper han in.

Hålet är verkligen en grotta. Där inne är det svart, otäckt och skrämmande. Jörgen låter ljusstrålen från pannlampan svepa över väggar och tak. Det finns ingen vegetation på väggarna, inga rötter eller annat som växt igenom. Han förvånas av att det är så torrt inne i grottan. Ingen fukt som dryper längs väggarna som annars är brukligt. Han upptäcker att det finns symboler på ena grottväggen. De ser ut att vara färglagda. Konstigt att någon målat på väggarna. Då slår det honom vad det är han ser.

En grottmålning, och förmodligen är den inte gjord nyligen - varför skulle någon måla figurer i en grotta nu i modern tid? Det måste handla om symboler målade för mycket länge sedan. Han sätter sig ner, låter ljusstrålen arbeta, fram och tillbaka, ner och upp.

Jörgen ser något som kan föreställa en båt som brinner, små människor på båten som brinner, personer på båda sidor om båten som han tolkar dansar nakna. Ett katthuvud och ett oxhuvud sitter på en påle som har en fastgjord tvärliggande gren. En figur sitter uppe i ett moln och blickar ner. Han blir alldeles kall, hjärtslagen går upp i maxpuls. Pålen ser ut som ett kors, ett kors som symboliserar Kristi lidande. Figuren i molnet kan vara Jesus, symbolen för kristendomen. Den som målat denna målning måste ha kommit i kontakt med kristendomen.

Jörgen besinnar sig, vidrör försiktigt färgerna med fingertopparna. De har trängt in i berget och varit skyddade från väder och vind. De har liksom etsat sig fast. Med all sin kunskap försöker han förstå när målningen kan ha gjorts. Långt ner i hörnet av målningen ser han en symbol som han känner igen som ett tecken som Vendeltidens människor använde som fredstecken. Tecknet upphörde att användas då denna befolkningsgrupp utvandrade norrut till Uppsalatrakten. Alltså måste målningen vara gjord innan 500-talet.

Han faller ner på knä, knäpper händerna. Då fylls grottan av ett klart, intensivt ljus, och en gestalt klädd i en vit kaftan och med en gloria över hjässan uppenbarar sig framför honom, Den lysande gestalten möter hans blick. Han känner handen som läggs på hans huvud. Det han känner är inte rädsla utan ett lugn som fyller honom helt och hållet. Han tittar upp och möter Jesus Kristus blick.

"Du är utvald och nu vet du att du måste ändra historien om Ansgar. Återuppväck den rätta läran, gå ut och predika, tala om att du sett mig. Välsignad är du nu", tycks han säga.

Så är han borta, och Jörgen kan inte kämpa emot utan faller i djup sömn och sover flera timmar i den kalla och mörka grottan. Först nästa morgon vaknar han, reser sig upp och går ut. Han rullar tillbaka stenen, fyller igen hålorna han tidigare grävt och återställer området. Nu kan ingen upptäcka att någon varit här. Regnet fortsätter att vräka ner och alla spår efter hans utgrävning är borta.

"Maria", ropar han när han kommer tillbaka till Skogsgläntan.

Hon kommer springande och ser genast att något har hänt med pastor Johannes. Hans ögon glänser mörka, blicken är frånvarande som förlorad i fjärran, nästan som om han tagit någon drog. Hans puls dunkar synligt i tinningen och han svettas kopiöst. Hon vet att han aldrig skulle röra vare sig alkohol eller droger, så hon blir förvirrad. Vad har hänt honom?

Så börjar han prata om grottan, om att han träffat Jesus och att han har fått uppdraget att missionera och återuppväcka den sanna kristendomen, den läran som de som kom invandrande fört med sig då de kom till Sjuhäradsbygden från sydliga trakter.

120

"Maria, jag har haft rätt hela tiden. Historien måste skrivas om. Jag har mött Jesus, jag är hans sändebud på jorden. Förstår du mig?"

Han förklarar och berättar om grottan, om målningarna, om ljuset som kom inifrån grottan och om Jesus.

"Ja", säger Maria. "Jag har vetat det ända från den första stund jag mötte dig, att du är utvald. Du är hans lärjunge. Johannes, du är min och jag är din. Kom."

Hon lägger sig på golvet och tar för första gången emot honom i sig. Pastor Johannes känner en intensiv känsla av samhörighet med Maria. Hon ger honom all sin ömhet och han tar emot hennes smekningar och kyssar. Han finner välbehag i detta men efter akten är han återigen pastor Johannes, den kyske.

Och Maria blir bebådad, precis som bibelns Maria blev. Havande, men någon kontakt med mödravårdscentralen tas aldrig. Det är tveksamt om myndigheterna ens visste att Maria bodde i kommunen – hon har aldrig anmält sin ankomst eller meddelat sin tidigare hemort att hon flyttat. Att hon väntar barn vet ingen utanför den innersta kretsen. Det är pastor Johannes som övertygar Maria att inte vända sig till mödravården. Bibelns Maria sökte aldrig vård. Johannes Maria är inte svårövertalad. Bibelns Maria skötte graviditeten själv och så skulle även Den levande Trons Maria göra.

Efter nio månader föds en pojke med ryggmärgsbråck, igenväxta ögonlock och missbildade lemmar. Han nöddöps och får namnet Gabriel. Pastor Johannes döper pojken som dör dagen därpå. Gabriel begravs strax intill Öresjöns södra strand alldeles nedanför Seatons kulle, och det är pastor Johannes som förrättar begravningen. Maria, Sara och Judith deltager. Maria, den döde pojkens mamma, försvinner kort därefter och kommer aldrig tillbaka.

Sara och Judith fyller snart tomrummet efter Maria. Kvar finns pastor Johannes, hans två trogna följeslagare och hans vision om att grunda och driva en apokalyptisk, kiliastisk, kristen fundamentalistisk kyrka. En vision som lockar allt fler följare som väljer att bosätta sig i byggnaderna omkring byskolan i Skogsgläntan, församlingens centrum.

Kapitel tjugotvå

Trots allt backar Joakim ur, vägrar följa med in när Catrin och han står utanför porten till polisstationen. Han ryggar tillbaka, skakar häftigt på huvudet.

"Nej, jag kan inte. Pastor Johannes …"

Han springer sin väg innan Catrin hinner hejda honom.

"Den där pastor Johannes …" muttrar hon för sig själv, "han måste ha en otrolig makt. Att en ung pojke som Joakim kan vara så uppenbart skräckslagen för honom."

Hon skakar på huvudet, öppnar porten och kliver in på polisstationen. I receptionen sitter en ung kvinna, upptagen med att lösa korsordet i lokaltidningen. När hon hör Catrin komma in lägger hon skuldmedvetet undan tidningen och ler frågande.

"Vad kan jag hjälpa dig med?"

"Jag skulle vilja prata med jourhavande … nej, jag tror det är bäst jag tar det direkt med din chef. Är han här? Kan jag prata med honom nu?"

Hon visas in i ett litet väntrum och behöver inte vänta länge förrän en lång, blond uniformsklädd man i femtioårsåldern bjuder in henne till sitt tjänsterum. Han presenterar sig som Sigfrid Björk, polisinspektör i distriktet, och förefaller vara mycket stressad. Catrin slår sig ner i den anvisade fåtöljen och tar sats. Plötsligt känns det hon har att komma med konstigt. Är en ung mans förvirrade tillstånd och fantasier – om det nu är det – verkligen en polissak?

"Jo …" säger hon dröjande. "Det hände mig något märkligt här-omdagen uppe på Seatons kulle. Först tänkte jag att detta måste un-dersökas av polisen – jag är själv polis men på semester här – men nu vet jag inte längre …"

"Låt höra! Om du som polis reagerat så ligger det nog något i det."

Så berättar Catrin om hur hon stött på Joakim på Seatons kulle, att hon tagit med sig den förvirrade unge mannen hem till sig, och att han berättat om en pastor Johannes som tydligen skrämt honom från vettet. Sigvard rynkar pannan och ser fundersamt på henne.

"Pastor Johannes … ja, jag tror jag vet vem han syftar på. Det lär finnas en ny frikyrklig församling någonstans i skogarna mellan To-restorp och Öxabäck. Det måste vara ledaren pojken menar. Så han skulle vara rädd för honom? Och trodde han att benresterna han hittat kunde hänga ihop med församlingen?"

"Jag vet inte, men något sa mig att han var rädd för det. Han nämnde något om att pastorn pratat om att offra det som stod en närmast. Men inte kan han väl ha menat människooffer?"

Kommissarien suckar och skakar på huvudet.

"Ingenting är väl omöjligt när det gäller de där konstiga frikyr-korna. Enligt sägnen som cirkulerar här i trakten så befinner vi oss på helig mark. Sägnen berättar om uråldriga offerceremonier. Därav namnet Mark, en gammal gud som man sa bodde i Öresjön. Jörgen Fredriksson är nog den som bäst känner till det där. Han håller visst på med någon sorts akademisk avhandling som handlar om något gammalt religiöst, vad vet jag inte. Och jag tror inte det är något jag kan eller vill ta tag i. Jag kontaktar min överordnade i Borås, Achim Krüger. Själv är jag på väg att påbörja min semester i övermorgon. Husvagn med familjen ner mot Rhendalen. Men det hör ju inte till saken …" avbryter han sig med ett generat leende.

"Achim Krüger? Tror du han skulle vara beredd att undersöka saken? Det kanske inte är något, men om någon hittar benrester måste det väl ändå utredas. Kanske är det bara rester från djur? Men Joakim påstod att han sett människoskallar också, en liten och en stor. Kan du kontakta honom nu?"

Sigvard reser sig upp och går mot dörren.

"Jag ringer genast, och om du kommer tillbaka hit i morgon kan jag ge dig besked om vad som kommer att hända i saken. Polis, sa du … var är du placerad då?"

"Lunds polisdistrikt, men jag har tagit time out över sommaren och bor i Röllese, där jag brukade tillbringa mina barndomssomrar." säger Catrin med ett leende och lämnar rummet med ett 'Hej då' innan han får för sig att fråga vidare om hennes arbete.

Hon är ledig och vill inte prata om sin tjänst i Lund ens med en kollega. Det skulle kunna bli ett långt samtal med utbyte av erfarenheter från glesbygd kontra stadsmiljö, och det är hon inte alls intresserad av just nu.

Ute på gatan ser hon sig om efter Joakim, men han har förstås försvunnit för längesen. Hans prat om pastor Johannes lämnar henne ingen ro. Vem är denne pastor Johannes? Kanske Inger vet mer om honom? Jag ringer henne när jag kommer hem, tänker Catrin och springer ner mot stationen för att hinna med bussen till Torestorp.

Pastor Johannes, Jörgen Fredriksson … det finns mer än en spännande person i denna trakt, där hon hade väntat sig hitta bara lugn och ro och tid för återhämtning. Och var återhämtning verkligen vad hon helst längtat efter? Hon ler åt sina tankar. En gång polis alltid polis, och benresterna nedanför Seatons kulle och den mystiska församlingen i skogarna alldeles i närheten kittlar hennes fantasi. Helig mark. Och polisinspektören hade nämnt att Jörgen Fredriksson kanske visste något. Värt att undersöka.

Catrin är taggad till tusen – alla tankar på återhämtning känns avlägsna. Tack vare eller på grund av – hur man nu såg det! – mötet med Joakim är hon nu i full färd att kasta sig in i något som mest liknar rent polisarbete. Lugn och ro ...

Kapitel tjugotre

På köksbordet ligger kopior av fotografierna av mamma Lillemors misshandlade kropp. Bredvid ligger dödsannonsen efter hans pappa, också den en kopia. Originalen har han sparat i en låst skrivbordslåda. Bilderna av misshandeln är för John helt obegripliga. Under hela hans uppväxt och ända fram till sin död har hon aldrig berättat om misshandeln eller för den delen nämnt att Johns pappa skulle ha varit våldsam. John kommer ihåg att han ibland frågat efter pappan men Lillemor svarade alltid undvikande att han var död. När John kom hem som nyutexaminerad polis hade Lillemor spontant sagt att nu skulle din pappa se dig. Hennes ton hade varit ganska skarp minns han. Nu förstår han varför. Sonen polis, pappan hustrumisshandlare. En ekvation som är svår att få ihop.

Öxabäck. Där ligger hans pappa begravd, men var ligger Öxabäck? Han har i sin skolatlas lyckats lokalisera den lilla orten Öxabäck och försöker med hjälp av sin stora tunga IBM-dator hitta orten men lyckas inte navigera rätt. Han hamnar hela tiden i Öregrund, en helt annan ort. Öxabäck är svårt att hitta på kartan, men söder om Borås, i närheten av Kinna och Skene och strax söderpå lyckas han till slut lokalisera byn. Där hittar han också Öresjön.

Öresund vid Bjärred känner han väl till, men vattnet nära Öxabäck heter Öresjön. Byn ligger ungefär tjugo mil från Bjärred. Det ringer en klocka i huvudet på John. Häromkvällen spelade

MFF:s damlag en match mot Öxabäcks damfotbollslag. En liten ort med ett allsvenskt lag. Det ger respekt även om MFF vann med tretton mål mot noll. Det bara befäster Johns åsikter om sportkvinnor i största allmänhet men i synnerhet kvinnliga fotbollsspelare. Kvinnor och konståkning, dans och balett är okej men där går gränsen. Möjligen också badminton, skidåkning och gymnastik. Men fotboll är för män!

Tre veckor kvar av semestern. Kanske skulle han åka dit. Men nej, varför skulle han besöka sin fars grav? Fadern som slagit hans mamma gul och blå, och förresten – var fanns hans pappa under hans uppväxt? Djävla förrädare. Men han kan inte släppa tanken på att få veta mer om sin pappa.

Senare på eftermiddagen ringer det på hans privattelefon. Han har köpt sig en supermodern telefonsvarare som också visar på en liten display uppringarens telefonnummer. Det är ett 08-nummer som ringer. Han känner igen numret. Rikspolisens centralnummer och överväger om han ska svara eller ej. Han väljer svara ej. Han har ju semester. Efter fem signaler går telefonsvaren igång.

"Ring mig omgående när du tagit del av detta. Det är en order", hör han sin chef, Ankarbergs myndiga stämma i telefonsvararens högtalare och ett telefonnummer, Ankarberg som för tillfället fungerar som vikarierande rikspolischef.

John går in i det orenoverade rummet. Alla kartonger som förut belamrade utrymmet är uppackade och bortforslade. I en hög på golvet ligger de nyinköpta rullarna med gröna sjögrästapeter. Rummet är klart för tapetsering. Tapetserarbordet och tapetserarstegen är framställda. Trots sin kroppshydda ser han inga problem med att kliva upp på och ner från stegen. Han måste skingra tankarna och koncentrera sig på något praktiskt.

Han börjar med att sätta upp den första våden. Det är viktigt att den första sätts i hörnet som är närmast fönstret som vetter ut mot trädgården. På detta sätter kommer tapetkanterna mellan våderna inte att synas. Sjögrästapeter har en tendens att krympa ihop någon millimeter, och om du har otur uppstår det ett mellanrum mellan våderna. John sträcker och tänjer ut dem för att eliminera risken. Det ska vara perfekt annars får det vara är hans ledord. Det är detaljerna som skiljer perfektionism mot amatörism. Dessa visdomsord har gjort honom till Sveriges skickligaste mordutredare men även till en skicklig hemmasnickare.

Det ringer igen. Samma nummer som tidigare.

"John", svarar John.

"Ankarberg här", svarar Ankarberg. "Varför har du inte ringt mig?" fortsätter han.

"Därför att jag har semester tre veckor till", svarar John.

"Lyssna nu. Din kollega Achim Krüger från Boråspolisen har ringt mig och bett om understöd från Rikspolisen. Jag har svårigheter att hjälpa honom på studs. Du vet, det är sommarsemestrar även hos oss i Stockholm. Buset tar inte semester och i synnerhet inte de som utövar våld. Det mördas, våldtas, misshandlas och stjäls så som aldrig förr. Ingen har respekt för lag och ordning", säger Ankarberg.

"Och vad har jag med det att göra?" kontrar John.

"Boråspolisen har fått in ett fall, eller snarare två skelett av en vuxen person och ett barn. Achim har skickat ut rättsmedicinare som har obducerat liken och fastställt – trots att skeletten legat i jorden säkerligen minst tio år – att den vuxna personen utsatts för mord. Personen är ihjälslagen, något som framgår utan tvivel eftersom vederbörande har mycket allvarliga skador i huvudet. För barnet går det inte att fastställa dödsorsaken i det här läget, men Achim utgår från att det rör sig om två mord." berättar Ankarberg.

"Kom till skott. Vad har jag med det att göra? Ett tio år gammalt mord kan inte ha högsta prioritet. Jag måste vara överkvalificerad. Just nu står jag och tapetserar och har rört ihop tapetklister som håller på att stelna. Så skynda dig och kom med ditt ärende!" säger John surt till sin högste chef.

" Okej, så här är det. Achim är sjukskriven på halvtid. Han har fått problem med hjärtat. Troligen stress och ångest. En av hans två mordutredare är utlånad till Göteborg och den andre har fyra dråp och en hustrumisshandel att ta hand och någon annan är på semester. Som svar på din fråga, så behöver jag din hjälp. Tio år gammalt eller dagsfärskt har ingen betydelse, det vet du, John. Avbryt din semester och ta dig till Borås. Dessutom är det så att din kollega, Catrin Mendez, är den som hittade kropparna och anmälde det som privatperson till polisen i Kinna. Därifrån skickades ärendet vidare till Boråspolisen och Achim tyckte att det var en bra idé om Catrin återgick i operativ polisiär tjänst. Vems idé detta är vet jag inte men det är helt i min linje. Catrin Mendez önskar återgå i tjänst som mordutredare under ditt befäl. Jag har tillfälligt tillstyrkt detta. Så från och med imorgon är hon i din tjänst under förutsättning att du åtar dig fallet och beger dig till Öxabäck med omnejd. John, detta är ingen order men en enträgen begäran från mig att du åtar dig detta. Om du sätter dig på tvären går hon i tjänst hos Achim vid Boråspolisen."

"Sa du Öxabäck?"

John håller nästan på att tappa balansen och tar tag i stegen för att inte falla. Otroligt. Här har han gått igenom gamla foton och papper från Lillemors kvarlämnade ägodelar och undrat över vilken roll byn Öxabäck kan ha spelat i hans bakgrund, och så vill Ankarberg skicka honom just dit!

"Ja, är det något problem med det?"

John hämtar andan, försöker ta in vad hans chef sagt. Och så slår det honom att han faktiskt inte haft en aning om var hans kollega befinner sig under tjänstledigheten.

"Va fan gör Catrin i Öxabäck?" får han slutligen fram.

"Det tar vi när du bestämt dig för att åta dig fallet. Vad säger du?" säger Ankarberg otåligt.

Johns tankar far runt i hans huvud. Öxabäck. Rolf Skoglund, misshandlaren begravd på Öxabäcks kyrkogård. Hans frånvarande far som han inte har några minnen av men vars öde väckt hans nyfikenhet. Vilken möjlighet att få veta mer om vem Rolf Skoglund var! Och visst har han saknat Mendez, riktigt mycket om sanningen ska fram. Som man säger inom Lunds mordrotel, göra två flugor på smällen samtidigt, undersöka Roffe och få tillbaka Catrin utan att förlora ansiktet.

"Ge mig ett par timmar att tapetsera färdigt så ringer jag ikväll. Vilket telefonnummer ska jag ringa?" frågar John.

"Lyssna nu väldigt noga. Jag ska inte provocera dig mer. Det finns en dimension till i uppdraget. Det är därför jag ringer dig. Naturligtvis är du alldeles för överkvalificerad för att utreda gamla skelett. Det hade Mendez klarat av alldeles själv. Det vet alla. Men kollegorna på sektionen säkerhet, det som kallas för hemliga polisen till vardags, håller på att inventera och identifiera de olika frikyrkorna som poppar upp i vårt land. Det gäller inte bara de kristna utan alla andra så kallade religiösa samfund. Hemliga polisen är underställd rikspolischefen. Eftersom jag är vikarierande rikspolischef när ordinarie är på semester rapporterar säkerhetspolisen till mig. Nu ber jag dig om hjälp. Det finns många olika sorters kyrkor eller för all del andra samfund också. Nu finns det ett regeringsbeslut på att alla samfund som inte tillhör svenska kyrkan ska identifieras, kategoriseras och katalogiseras."

Vikarierande rikspolischef Ankarberg tar en paus.

"Hemliga polisen har fått nys om skeletten vid Öresjön och blivit väldigt intresserade av att få delta i utredningen och ha den som täckmantel." fortsätter han. "Skumt, tycker jag, men vi kom fram till beslutet att skicka en erfaren polis som officiellt ska utreda skeletten men också ta reda på mer om sekten Den levande Tron. Polisen har haft denna kyrka under luppen ett tag, och de befarar att det finns indikationer på att medlemmarna i sekten far illa och rent av lever under livsfara. Vi behöver mer information om sekten. Utredaren ska jobba officiellt med skeletten men under cover med att bevaka, undersöka samt dokumentera sektens görande och låtande. Ett passande jobb för dig, min bäste kommissarie Skoglund", säger Ankarberg och hämtar andan innan han fortsätter.

"Ring före sex på detta nummer, sedan går jag på segelsemester. Jag och Bodil ska segla med våra tvillingflickor till Gotland." säger Ankarberg.

"Jag ska extrainkallas och du ska gå på semester. Det harmonierar inte", muttrar John surt, men då har Ankarberg redan lagt på luren.

"Om jag får titeln rikspoliskommissarie, och om jag får ta med mig en valfri civil tjänstebil från garaget i Malmö", lyder Johns muntliga svar till Bengt Ankarberg när han ringer upp.

"Det finns inget som heter rikspoliskommissarie", svarar vikarierade rikspolischefen.

"Nu finns det en sådan titel", säger John med ett segervisst leende och avslutar samtalet.

Det ringer igen och John balanserar ner från stegen han just klivit upp på igen med klisterkaret i näven för att svara.

"Vad vill du nu, Ankarberg?" säger han lätt irriterad.

"Charles här och inte Ankarberg. Värst vad du låter sur." svarar Charles.

"Okej, är det du? Ursäkta mig. Jag har haft en diskussion med Ankarberg och han har kallat in mig till tjänstgöring hos Boråspolisen. Jag vet knappt var Borås ligger. Och inte nog med det. Jag ska jobba ihop med din käresta i Borås."

Det blir alldeles tyst i telefonen.

"Hallå! Är det någon där?" säger John.

"Jag visste inte att Catrin är tillbaka i tjänst. Hon har inte sagt något om det. Hon har förresten inte hört av sig på mer än en vecka, så jag börjar bli lite orolig … Björne ringer och jag ringer. Ingen svarar."

Charles kan inte dölja sin oro, men John låtsas inte om hans kommentar. Så fortsätter Charles:

"Men anledningen till att jag ringer dig är att meddela att du kan hämta ut en bil i övermorgon. Det blir en nästan ny Saab 9000. Civil men med roterande blåljus i grillen. Du kan rutinerna för detta. Jag räknar det som ett lån till Borås och de får en faktura från vårt polisdistrikt. Vi hörs", säger Charles och avslutar samtalet.

Kapitel tjugofyra

Utpumpad efter att ha kämpat uppför backen till Röllese med två kassar välfyllda med mat för minst en vecka pustar Catrin ut på bänken utanför dörren. Klockan har hunnit bli fem på eftermiddagen och hon känner hungern gnaga. Det är ingenting att be för, som hennes mormor brukade säga, så hon släpar in kassarna, fyller skafferi och kylskåp och står villrådig kvar framför det öppna kylskåpet. Vad ska hon välja idag? Något snabbt och enkelt, någon mer avancerad kokkonst tänker hon inte ägna sig åt, även om hon visst är road av matlagning. Nu gäller det att i första hand dämpa hungern.

Några ägg, skivade tomater och riven ost. Tillsammans med några skivor surdegsbröd får omeletten utgöra kvällsmåltid denna dag då så mycket hänt. Var det verkligen ett klokt beslut att tillfälligt gå tillbaka i tjänst? Men fallet lockar ... speciellt eftersom hon är den som anmält det och som varit den första att prata med Joakim som upptäckt benresterna. Dessutom misstänker hon att han skulle kunna ge henne mer information om den mystiske pastor Johannes. Hon kommer ju att bli tvungen att hålla ett regelrätt förhör med Joakim nu när upptäckten av benresterna blivit registrerad officiellt. Och den där Achim, som Kinnapolisen pratat om – vem är han? Kunnig? Trevlig?

Nöjd och belåten efter avslutad måltid sjunker Catrin ner i soffan i vardagsrummet. Sommarvärmen gör att hon knappast kan tända elden i kaminen ens som mysfaktor. Istället reser hon sig upp, går fram till fönstret och låter blicken svepa över hagen nedanför där korna går och betar. En kvällspromenad kanske? Klockan har hunnit bli närmare sju, men den ljusa sommarkvällen lockar. Undrar om Jörgen är i stugan i kväll, tänker hon. Kanske han skulle vilja följa med på en promenad? Eller, kom hon att tänka på, han kan nog veta vem pastor Johannes är. Han har bott här länge och känner säkert till allt som händer här i trakten. Och om han inte vet något kan jag alltid ringa Inger senare. Dessutom hade den där polisinspektören på polisstationen i Kinna nämnt något om att "det vet Jörgen Fredriksson mer om".

Som vanligt när Jörgen är på plats fladdrar lågan i ljusstaken i fönstret, och numera känns det välkomnande. Catrin ler. Jörgen är spännande, och deras diskussioner brukar röra sig om allt mänskligt, existentiella och filosofiska frågeställningar. Detta är något nytt för henne, någon som verkligen vill prata om det som är viktigt i livet.

Han har väntat henne, känt på sig att hon skulle titta in, så kaffepannan står på spishällen och kopparna är framdukade.

"Välkommen!"

Han ger henne en lätt kram.

"Nu ska bara sumpen sjunka, så tar vi en kopp. I dag har jag faktiskt köpt kaffebröd – en vetelängd från bageriet nere i byn."

Catrin slår sig ner på kökssoffan. Det vilar ett sådant lugn i Jörgens närvaro. Kanske är det den gamla stugans atmosfär, men hon anar att stämningen hänger intimt samman med Jörgens person. Här trivs hon. De kan sitta tysta långa stunder utan att det känns besvärande, men för det mesta pratar de. Dessa stunder har kommit att betyda mycket för henne.

"Jo, Jörgen, jag undrar om du kan hjälpa mig med en sak."

"Om jag kan. Vad handlar det om?"

"Du vet, jag promenerar och cyklar så mycket jag kan när vädret tillåter, och för några dagar sedan cyklade jag uppför backen till Seatons kulle. Vilken utsikt man har där! Har du varit uppe på kullen?"

Jörgen nickar.

"Ja, nog har jag det. Många gånger. Är det något med kullen du undrar?"

"Inte direkt, men jag träffade en förvirrad ung pojke där. Han påstod att han hade hittat benrester vid foten av kullen, nere vid Öresjöns strand …"

Hon avbryter sig när hon ser hur Jörgen stelnar till.

"Vad … är det något du känner till? Benresterna?"

Han skruvar på sig, och ser minst sagt besvärad ut. Catrin betraktar honom undrande. Om Jörgen känner till fynden Joakim gjort – hur hänger det ihop?

"På samma gång berättade den där pojken, Joakim heter han, att han rymt från en församling och en pastor Johannes som han verkade vara mer eller mindre skräckslagen för. Har du hört talas om det? Den där pastorn undrar jag verkligen över … hurdan är han om han skrämmer vettet ur folk?"

Jörgen har rest sig upp, hämtar kaffepannan för att servera en påtår. Han sätter sig ner igen och betraktar Catrin under tystnad. Hans blick är så intensiv att hon helst vill titta bort. Om hon hade kunnat. Men det är som om han låser henne med en blick som förvirrar henne, som hon inte vet om hon tycker om eller inte.

"Catrin, jag hoppas du tar det här på rätt sätt. Vi har ju pratat om allt som rör såväl hjärna som själ. Ingenting har varit oss främmande i våra diskussioner. Innan jag svarar på din fråga har jag en fråga till dig. Hur ser din relation till religionen ut?"

Hon förstår ingenting. Vad är detta? Vad menar han? Hennes relation till religion …

"Vilken fråga! Jag är väl som de flesta. Medlem i svenska kyrkan, ja. Men någon flitig kyrkobesökare kan jag knappast kalla mig. Advent och julotta kan jag gå på ibland, men vanlig högmässa – nej, det har jag nog inte gjort sedan jag gick och läste inför konfirmationen."

Jörgen sitter tyst så länge att hon börjar undra om hon sagt något tokigt. Och var står han själv i förhållande till kristendom och kyrka? Så harklar han sig.

"Jag känner Joakim väl. Han är medlem i en församling som har sin kyrka i den gamla byskolan i skogen mellan Torestorp och Öxabäck. Byskolan har renoverats och är numera centrum för Den Levande Tron som församlingen heter. Pastor Johannes … det är jag."

Catrin betraktar honom bestört. Har hon hört rätt? Jörgen är pastor Johannes! Hon har svårt att ta in vad hon hört. Det går helt enkelt inte ihop. Är den trevlige, intressante Jörgen densamme som pastor Johannes som är så förfärlig att han skrämt vettet ur Joakim? Hon har svårt att tro det.

"Men varför har du inte sagt något om det? Det måste väl ändå vara en viktig del av ditt liv. För att inte säga att församlingen är väl ditt liv?"

"Jag hade väl tänkt berätta om församlingen förr eller senare. Våra samtal har ju berört mycket som faktiskt rör religion även om vi inte sagt det. Jag tänkte bara att du kanske inte var mogen att ta del av mina tankar och övertygelsen som ligger till grund för församlingen. Får jag berätta nu? Orkar du lyssna, eller är du alldeles för chockad?" säger han med ett leende.

Catrin reser sig upp, sätter sin kopp på diskbänken och står kvar en stund, som för att samla ihop tankarna.

"Jag vet inte. Jag vet faktiskt inte om jag vill veta mer nu. Det är nog bäst att jag går hem. Det här tål att tänka på, men jag stänger inte dörren. Kan vi prata mer i morgon?"

Hans kram är innerligare än den lätta omfamning han brukar välkomna henne med. Och det känns till hennes förvåning bra. Hon tycker ju om Jörgen, men vad ska hon tycka om pastor Johannes?

Tillbaka i köket, som fortfarande känns som Hildurs. Ingers mammas ande vilar fortfarande över det trivsamma huset och skänker Catrin det lugn hon behöver just nu. Hon häller upp ett glas vin och kryper upp i soffhörnet i vardagsrummet. Jörgen är pastor Johannes. Det är svårt att tro, men samtidigt börjar hon ana att det faktiskt inte är så konstigt. Ända från första stund har hon fångats av hans karismatiska utstrålning, och är det inte det som brukar känneteckna ledare av frikyrkoförsamlingar? Karisma. Men samtidigt kryper oron omkring i henne – Joakim var ju rädd för pastor Johannes! Rädd? Skulle hon kunna bli rädd för Jörgen? Nej, det verkar alldeles omöjligt.

Catrin sippar på vinet, låter tankarna flyga fritt. Hon vill veta mer om Jörgens övertygelse. Inte för att hon någonsin intresserat sig för frågor som rör kristendom och religion, men med tanke på deras diskussioner handlar hans övertygelse nog mer om filosofiska frågeställningar och det existentiella, frågor som förstås ligger nära religionen.

En telefonsignal får henne att spritta till. Det är väl Inger, tänker hon. De har inte pratat på ett par dagar. Hon undrar väl om jag lever, säger Catrin för sig själv och går ut till hallen för att svara. Men det är inte Inger.

”Hej, älskling! Hur har du det där borta i förskingringen? Jag börjar faktiskt bli orolig. Du har inte hört av dig på mer än en vecka.”

Charles. Hon skäms när hon inser att hon inte tänkt på honom över huvud taget den senaste tiden. När hon ringde senast hade hon blivit chockad. 'Charles telefon, det är Mia.' Orden hade förföljt henne, hade gjort henne handlingsförlamad. Mia. Och hon hade haft hand om Charles telefon. Visst hade hon tänkt ringa tillbaka och ta reda på vad det var som hände. Hade Charles träffat någon annan

140

där borta i Skillinge? Men så hade hon stött på Joakim när hon var i Kinna för att handla och fikat med honom. Sedan hade hon pratat med polisen om Joakims fynd. Så på något sätt hade hon förträngt det olycksaliga samtalet.

"Hej …" svarar Catrin dröjande.

"Är allt okej?"

Oron i Charles röst är inte att ta miste på.

"Jadå. Med mig är allt okej, men … jag ringde faktiskt för ett tag sedan, men det var inte du som svarade i din telefon. Så jag la bara på. Nu väntar jag på en förklaring."

"Men älskling! Vad är det du säger? Någon annan som svarade? Inte Björne, eller?"

"Då hade jag väl inte reagerat så! Nej, det var någon som hette Mia."

Charles brister ut i ett frustande skratt.

"Mia! Ja, det är klart! Martins sambo passade min telefon när Björne och jag stack till badbryggan för att ta ett dopp. Så du trodde …"

Han blir plötsligt allvarlig.

"Men Catrin! Inte trodde du väl att jag träffat någon annan? Att jag var otrogen? Nog känner du väl mig bättre än så! Det är dig jag älskar, bara dig!"

Catrin drar en djup suck av lättnad. Martins sambo. Varför hade hon direkt trott det värsta? Är hon så osäker på Charles känslor? Nej, egentligen inte. Men när det nu är ur världen pladdrar hon på om sina promenader, om fyndet av benresterna och om mötet med Joakim.

Samtalen med Jörgen nämner hon inte. Varför vet hon inte, men det är något som hindrar henne. Sedan kanske, men inte nu.

Kapitel tjugofem

Sida vid sida leder Catrin och Jörgen cyklarna uppför den brantaste backen mellan Torestorp och Öxabäck. Vid en oansenlig, smal grusväg stannar Jörgen till. Där finns ingen skylt, men han tecknar åt henne att svänga in där, och så hoppar de på cyklarna igen.

Det var med blandade känslor Catrin gick ner till den lilla röda stugan denna morgon. Hon drogs till Jörgen, ville veta mer om vad det var han sysslade med i den gamla byskolan. Samtidigt tvekade hon. Frikyrkoförsamling. Pastor Johannes. Hon fick vibbar av att det liknade en sekt, och det skrämde henne. Men hon kunde inte förneka att hon blivit nyfiken. Detta var kanske enda gången hon skulle få en möjlighet att se hur en sekt fungerade. Om det nu var det det handlade om.

Efter att de har cyklat nästan en halvtimme på den ringlande grusvägen öppnar sig en glänta i den täta granskogen. Catrin har aldrig varit där förut men förstår att detta måste vara den gamla byskolan, som har stått övergiven på väg att förfalla i många år. Den gamla byskolan ... nu minns hon att Inger faktiskt nämnt i förbigående att Jörgen hade någon koppling till en frireligiös församling. Det hade hon helt och hållet glömt. Han hade bara varit en inspirerande människa att diskutera med. Nu faller bitarna på plats – församling, karisma ... Jörgen – pastor Johannes. Att hon inte hade kopplat det tidigare ...

Byskolan har fått en rejäl ansiktslyftning. Målad i falurött med

vita knutar, och lärarbostaden bakom har också fått sig en upp-
fräschning. Dessutom har ett antal enkla mindre hus byggts upp i en
cirkel som omger byskolan.

"Så fint!" säger hon spontant, imponerad av vad hon ser.

Jörgen nickar nöjt.

"Vi har jobbat en hel del här. Du skulle ha sett hur det såg ut när
jag först kom hit. Ytterdörren hängde på trekvart, flera takpannor
saknades så det regnade in, och de gamla skolsalarna ... ja, där var
en del golvbrädor så ruttna att det var rent av farligt att gå in där."

De ställer cyklarna i cykelstället nere vid grinden och vandrar
upp mot huvudbyggnaden, byskolan som nu uppgraderats till tem-
pel i Den Levande Tron. De möts av två kvinnor i fyrtioårsåldern,
som hon bedömer det. De är klädda i fotsida klänningar i ljusa fär-
ger och har håret uppsatt i knut.

"Välkommen! Jag heter Sara och bor här i församlingen." säger en
av dem med ett leende och räcker fram handen till hälsning.

Catrin ler tillbaka. Båda ser vänliga ut, och den andra presenterar
sig som Judith.

Den senare vänder sig till Jörgen och drar honom lite åt sidan för
att säga något som Catrin inte hör, medan Sara tar henne med sig in i
skolan. Där är den största salen fylld med människor som pratar lågt
med varandra. Längst fram står en talarstol och bakom den hänger
en tavla föreställande Jesus på väggen. Catrin ryser till och känner
lust att vända om. Ska hon itutas en massa religiös smörja? Detta
var inte vad hon hade väntat sig när hon gick med på att komma till

144

församlingen i skogen. Jörgen hade ingenting sagt om någon guds-
tjänst, men allt tyder på att det är vad som förbereds för här. En gam-
mal tramporgel står vid sidan av talarstolen, och där sitter en ung
pojke med blicken riktad mot dörren. Catrin känner vinddraget när
någon passerar förbi henne och Sara där de har stannat till innanför
dörren. Jörgen. Eller kanske borde hon tänka pastor Johannes, vilket
känns lämpligare när hon ser att han bytt kläder och nu går fram
mellan stolsraderna, klädd i en vit kaftan. Håret, som han brukar ha
hopsamlat i en hästsvans i nacken, har han nu släppt ut, och med
värdiga steg äntrar han talarstolen.

Överrumplad sjunker Catrin ner på den närmaste stolen i ba-
kersta raden medan Sara går fram och sätter sig på yttersta stolen i
första raden bredvid Judith.

”Välkomna till denna kontemplationsstund! I dag har vi en gäst”,
säger pastor Johannes och riktar sig mot Catrin som med blossande
kinder önskar att hon hade kunnat sjunka genom jorden.

”Vi ska låta Benjamin inleda med en hymn för att vi ska komma
ner i lugn stämning så att vi på rätt sätt kan ta till oss de ord som
förmedlats till mig och som jag nu vill ge er.” fortsätter pastor Jo-
hannes med en gest mot pojken vid orgeln, som börjar spela en låg,
meditativ melodislinga.

Catrin vet inte vad hon ska göra. Stanna kvar eller tyst och stilla
smyga ut? Men något håller henne kvar, och när pastor Johannes
börjar tala är det som om han vänder sig direkt till henne. Orden går
rakt in och utan att hon kan förklara varför sluter hon ögonen och
sjunker ner i ett tillstånd av fullkomligt lugn. Det känns så skönt, så
läkande ...

Så tystnar musiken från orgeln och rösten från talarstolen. Församlingen sitter kvar i tyst meditation och Catrin känner det naturligt att göra detsamma. Först när hon känner en hand på sin axel öppnar hon ögonen. Pastor Johannes står bredvid henne och uppmanar henne leende att följa med honom ut.

Solen sticker henne i ögonen när hon kommer ut på trappan. Hon är förvirrad. Vad var det som hände därinne i templet? Hon, den rationella, praktiska, jordnära polisen, hade nästan fallit i trans av att lyssna till en flummig predikants ord. För det var vad han kändes som därinne i den stora salen. Ute på gårdsplanen är han Jörgen igen. Tillbaka i verkligheten.

"Du, jag vet verkligen inte vad ..." börjar Catrin men Jörgen avbryter henne.

"Du behöver inte säga något alls, inte ta ställning heller. Jag ville bara visa dig vad jag gör, vad jag funnit som ger mig en mening med livet. Vi har pratat så mycket om existentiella frågor att jag tänkte att jag ville inviga dig i vad jag tror på. Det betyder inte att du måste hålla med på något sätt. Alla här är fullkomligt fria att tycka och tänka vad de vill. Att de valt att stanna här och leva det liv vi valt som det optimala – ja det är som sagt ett fritt val. Inget tvång, och jag kräver ingenting tillbaka. Jag vill bara ge av det jag fått som en gudomlig gåva."

Catrin sätter sig ner på bänken utanför skolan. Hon är verkligen förvirrad. Inte är hon intresserad av någon gudomlighet! Det där pratet tycker hon bara är larvigt. Men Jörgen. Eller pastor Johannes rättar hon sig med ett snett leende. Hon kan inte komma ifrån att han påverkar henne. Starkt. Hon dras till honom men kan inte för sitt liv förklara varför, vad som händer med henne i hans närhet. Hans intensiva blick, hans värme, hans totala uppmärksamhet på bara henne när de sitter och pratar. Ett sådant bemötande har hon aldrig förut råkat ut för. Han har verkligen rubbat hennes cirklar.

"Jörgen, jag vill inte såra dig, men det religiösa, det gudomliga du pratar om – det kan jag helt enkelt inte ta in. Det är inte jag. Du påverkar mig, det erkänner jag, men det är du. Ditt budskap vill jag inte ha med att göra. Låter det konstigt?"

"Nej, jag förstår. Det kan vara svårt att ta in vad det handlar om. Vi låter det stanna därvid så länge. Kanske kan jag få dig att förstå så småningom, men tänk inte mer på det nu. Jag vill absolut inte pådyvla dig något, och vår vänskap är alltför viktig för mig för att jag skulle vilja riskera den. För dig är jag den Jörgen du har suttit och pratat med om väsentligheter nätterna igenom. Pastor Johannes är en annan sida av mig. Kanske vill du lära känna honom också en gång, men låt det vara. Vi cyklar hem till Röllese och äter lunch, eller har du något annat för dig nu?"

Catrin skakar på huvudet. Nej, något annat har hon inte planerat. Dagen är vikt för utflykten till den gamla byskolan och för att få förklaringen till varför Jörgen uppenbarligen är densamme som pastor Johannes. Nu vet hon mer och ska försöka bortse från Den Levande Tron och äta en helt normal lunch med sin vän Jörgen. Vad hennes nya insikt om vännen kan komma att betyda … det får framtiden utvisa.

Kapitel tjugosex

1987

Jörgens påbörjade doktorsavhandling i arkeologi med rubriken *När kom kristendomen till Norden?* stöter på patrull innan han ens hunnit halvvägs. Rubriken uppfattas dels som kontroversiell med tanke på att det allmänt anses bevisat att Ansgar förde kristendomen till Norden, dels som ett ämne som snarare hör till teologiska institutionen än institutionen för arkeologi. Påståendet att kristendomen skulle ha kommit hit tidigare än vad historieböckerna berättar anses minst sagt vågat, och representanter för arkeologiska institutionen lämnar med varm hand över Jörgen och hans avhandling till en professor vid den teologiska institutionen som nu får bli handledare och senare biträdande examinator.

Jörgen bygger sina påståenden på det material han funnit dels i arkivet under Biskopsgården dels på det material han funnit vid de egna utgrävningarna runt Öresjön. Examinatorerna menar att det inte är tillräckligt att visa på material som ser ut som kors eller gravhällar med korsliknande symboler. Klara bildbevis eller fysiska efterlämningar med korrekt åldersbestämning måste presenteras. Ingenting av detta kan Jörgen uppvisa.

Han blir uppkallad för tillrättavisning eftersom han inte fullföljt undervisningsplanen. Den Jörgen som uppenbarar sig på institutionen ser inte ut som den man som en gång påbörjade sina studier. Här har man inte sett den förvandlade Jörgen med ovårdat skägg, långt hår och enkel klädsel tidigare. Om detta bidrar till hur han blir behandlad får vara osagt, men troligen har han snudd på väckt anstöt som en uppenbarelse mest lik en sjuttiotalshippie, något man knappast väntat sig på institutionen.

Vid beskedet att han inte kommer att bli godkänd om han inte gör ganska omfattande ändringar i sin text, ändras hans dittills tillmötesgående attityd. Hans kroppsrörelser blir stela, blicken kall och grå, hans stämma andas avståndstagande. Det går liksom en isande vind genom rummet vid hans förändring, de närvarande är inte oberörda av hans karismatiska utstrålning. De båda professorerna besvarar hans fasta handtag lamt och osäkert och förblir tysta när han förklarar att han inte tänker rätta sig efter deras direktiv utan kommer att lägga ner arbetet med avhandlingen. Under rådande omständigheter är han inte beredd att fortsätta.

Vad professorerna tänker när deras blickar faller på tavlan bakom skrivbordet förmäler inte historien. Tavlans motiv är en bild av Jesus vid Nasarets sjö. Långhårig, med skägg, klädd i vida byxor, långskjorta och sandaler.

Det är först på väg från institutionen som Jörgen reagerar. Inget av hans arbeten har blivit någon succé. Rapporten från den arkeologiska undersökningen av marken runt Öresjön bemöttes av ointresse och ledde ingenstans, och nu kommer avhandlingen om kristendomens ankomst till Norden aldrig att bli framlagd. I sitt stilla sinne tänker han att han trots det är långt ifrån att ge upp – han bär på en hemlighet som ingen kan ta ifrån honom.

Upptäckten av grottan nedanför Seatons kulle och uppenbarelsen med Jesu välsignelse kommer att leda honom vidare.

Han går förbi domkyrkan, skakar på huvudet. Kyrkan försvarar bara sin position och vägrar förstå att historien kan skrivas om. Myndigheterna är för stelbenta för att över huvud taget kunna tänka tanken att Jesus skulle ha förtur framför avverkning av skog och utvinning av mineraler. Universitetet är trögt och korrupt. Endast de som håller sig inom de akademiska ramarna blir godkända. Han knyter nävarna och faller ner på knä framför kyrkporten och ber till Jesus. Det är dags nu. Förändringens tid är kommen. Aldrig mer statskyrkan.

Jörgen återvänder till Sjuhäradsbygden och sin församling. Sara och Judith välkomnar honom, och när Maria inte längre är kvar har de intagit hennes plats. De blir hans hustrur och älskarinnor. Församlingen växer och ryktet sprids om en församling som är öppen för alla, som bjuder på en framtidstro som många saknat, som ägnar sig åt självhushåll och som inte ställer till problem för någon i trakten. Den Levande Tron har blivit en accepterad församling vid sidan av Svenska Kyrkan, som sedan länge haft ett stadigt grepp om invånarna i Markbygden.

Flera byggnader uppförs runt byskolan, och när Jörgens fondpengar inte längre räcker till, bidrar Sara med vinsten från försäljningen av sitt föräldrahem i Lund. Judith har ärvt tre hyfsade galoppörer, och hon gör som Sara – skänker hela vinsten från försäljningen av dem till Den Levande Tron.

I början av 1990-talet har Den Levande Tron blivit så etablerad som frikyrka att andra frikyrkor som Att Leva I Anden och Jesu Efterföljare besöker församlingen i Sjuhäradsbygden. Ledaren för Jesu Efterföljare och pastor Johannes finner likheter sinsemellan, och i och med att båda anser sig vara utvalda av Jesus sker visst samarbete även om varje församling är en egen enhet.

Pastor Johannes predikningar drar stora åhörarskaror, och många väljer att bli en av pastor Johannes lärjungar. Det innebär att de studerar hans teser, följer kurser i renlevnad och minimalism som han leder och att de döps. I och med det lämnar de ifrån sig sina jordiska ägodelar till församlingen. Som lärjungar och boende vid byskolan ombesörjs alla deras behov av mat och kläder av församlingen, så något annat anses de inte behöva. Allt i asketismens och minimalismens anda. I kollektivet bidrar alla med arbete, och grönsaksodlingar, svamp- och bärplockning går så bra att man till och med kan sälja överflödet vid torgmarknaden i Kinna.

Den son som Maria födde hade dött kort efter födseln, och nu är pastor Johannes angelägen om att få fler söner som arvtagare. Han har dimmiga begrepp om varför det är viktigt, men som den manipulative intelligente man han är, kommer han fram till att han som Jesu ställföreträdare på jorden måste ha söner och döttrar som ska kunna föra hans lära vidare. Sara och Judith är villiga att föda hans barn, så de älskar gärna med pastor Johannes i förhoppning att just de ska bli mödrar till de heliga avkommorna.

I den renoverade lärarbostaden vid sidan av byskolan, som nu blivit församlingens tempel, lever pastor Johannes ett intimt och slutet liv med Sara och Judith. Dit har ingen av de övriga församlingsmedlemmarna tillträde. I byskolan hålls gudstjänster varje dag, och ju längre tiden går desto mer intensifieras och förändras pastor Johannes budskap. Han har tagit starkt intryck av grottmålningarna i grottan där han mött Jesus, och det händer att en del av församlingsmedlemmarna ibland blir undrande och till och med skrämda av delar av budskapet, som tar sig uttryck i ritualer som känns främmande. Vissa känner sig hotade av pastor Johannes ibland ganska extrema predikningar. En av dem är en ung pojke, Joakim Knutsson, som med liv och lust anslutit sig till församlingen efter att ha känt sig utstött under de sista åren i skolan. Han är blyg, spenslig och blev av någon anledning ett tacksamt mobboffer som aldrig protesterade, bara teg och led. I Den Levande Tron känner han att han får upprättelse, att han är någon. Tills tankarna på synd och skuld kommer honom att känna sig ovärdig. Något pastor Johannes har sagt till honom har skrämt honom så starkt att han känner att han inte kan vara kvar. Vad det är vill han på inga villkor tala om. Han är bara rädd, så rädd att han en kväll rymmer från församlingen.

Kapitel tjugosju

Dagen efter besöket i Skogsgläntan ringer Catrin till Inger. Hon måste prata med någon om sin upplevelse, som hon inte blir riktigt klok på. Vad var det som hände där borta i skogen„ i den fyllda salen där pastor Johannes så uppenbart hade trollbundit sin församling? Och vad var det som hände henne ... Hon är förvirrad.

Sommarvärmen håller i sig, så hon dukar kaffebrickan med koppar, termos och uppvärmda kanelbullar ur frysen. Just när hon är på väg att gå ner i trädgården för att sätta brickan på bordet i syrenbersån stormar Inger in.

"Hej! Du får ta fram en kopp till – ser du vem jag har med mig?!"

Catrin ser förvånat på den rödhåriga, lite mulliga kvinnan som leende räcker fram handen för att hälsa.

"Känner du inte igen mig? Gunilla. Min pappa hade ju lanthandeln i Torestorp och vi var på simskolan nere vid Sandsjön på samma gång en sommar för evigheter sedan."

Ett svagt minne dyker upp i Catrins huvud. Simskolan, den vedervärdiga som hon verkligen inte hade gillat. Visst var det ett rödhårigt yrväder som hade briljerat med att simma längre än alla andra och till och med dykt ner och hämtat upp simlärarens solglasögon som han tappat i sjön? Jo, det måste ha varit hon. Gunilla Marklund.

"Men visst! Vi gick ju i simskolan samtidigt!" säger Catrin leende.

"Inte bara det …" fortsätter Gunilla. "Du och jag och Inger tog bussen till dansen i Överlida den där gången när Inger träffade Anders för första gången. Minns du? Och du och jag stod där som fån när hon inte ville följa med oss i bussen tillbaka till Torestorp."

Och Catrin ser allt framför sig. Hur besviken hon blev när Inger övergav dem för Anders skull. Det hade hon förstås kommit över för längesen – Anders är lika kär för henne som Inger numera.

"Jamen då går vi väl ut i trädgården!"

Catrin går före med kaffebrickan och Inger hämtar en extra kaffekopp. De slår sig ner i syrenbersån och Catrin serverar kaffet.

Inger suckar av välbehag, tar en rejäl tugga av kanelbullen som fortfarande är ljummen efter uppvärmningen.

"Vad bra vi har det! Sommar och sol och vänner i trädgården som bara njuter! Eller hur?"

De båda andra nickar instämmande. Catrin funderar över hur hon ska göra nu. Hon hade verkligen velat prata med Inger om Jörgen som blivit pastor Johannes och om upplevelsen i byskolan. Men Gunilla … Det känns lite för privat att ta upp saken när hon är med. Inte för att hon tycker illa om henne, men det var så längesen de träffades och nära vänner har de egentligen aldrig varit. Inte som Inger och hon.

"Och vad har du haft för dig de senaste dagarna, Catrin?" frågar Inger nyfiket. "Utforskat allt häromkring? Du pratade om att cykla till Seatons kulle …"

"Jo, det har jag gjort", svarar Catrin och tystnar.

Seatons kulle. Hon hade inte berättat för Inger om Joakim och besöket på polisstationen. Det borde hon nog göra nu.

"Det var världens värsta backe att cykla uppför, men jag fixade det. Och vilken utsikt det var uppifrån kullen! Jag blev så imponerad. Sedan är ju historien bakom ruinerna däruppe spännande också. Men det hände något annat …"

"Vadå? Det har du inte berättat! Men visst, vi har inte hörts av på några dagar. Vad var det som hände?"

"Jo, jag stötte på en ung pojke som var alldeles förstörd av skräck. Han stammade obegripligt om att 'allt var för sent' och att han hade hittat något hemskt, benrester som han påstod var efter människor."

Inger gapar av förvåning.

"Och du har inte ringt mig! Du skulle ha hört av dig med en gång. Vad hände sedan? Vad gjorde du med den där pojken? Han behövde förstås hjälp …"

Catrin berättar att hon tagit med honom hem och bäddat ner honom i soffan så att han fått sova ut. Hon talar också om att hon

157

till slut fått ur honom hans namn åtminstone. Joakim Knutsson. När hon nämner hans namn rycker Gunilla till.

"Joakim Knutsson? Honom känner jag! Vad hade hänt?"

"Ja, det vet jag inte så mycket om. Bara att han hittat benrester nedanför Seatons kulle och att han var mer eller mindre livrädd. Varför …"

Catrin tystnar.

Nu har hon utan att tänka på det kommit in på det hon vill prata med Inger om. Pastor Johannes. Det var lika bra att ta tjuren vid hornen och berätta allt. Om Gunilla kände Joakim så kände hon kanske också pastor Johannes.

"Han nämnde att han inte ville tillbaka, att han var rädd för pastor Johannes."

Inger ser förvirrad från den ena till den andra. Både Gunilla och Catrin tycks veta något hon inte känner till. Joakim Knutsson känner hon inte, och pastor Johannes … kanske har hon hört någon prata om honom nere i byn. Mer vet hon inte.

"Nej, nu får ni banne mig berätta vad det här handlar om! Det verkar som om ni vet något jag inte vet."

Catrin ser på Gunilla som sitter tyst med blicken riktad ner i knäet. Hon tänker tydligen inte säga något, så det blir upp till Catrin att berätta. Och det gör hon. Allt från den stunden hon suttit i den lilla röda stugan och fått veta att Jörgen och pastor Johannes är en och samma person till besöket i församlingen uppe i skogen. När hon är klar tittar Gunilla upp med blossande kinder.

"Ni vet ingenting!" säger hon upprört, orden stockar sig och hon har uppenbarligen svårt för att få fram det hon vill säga.

"Ingen kan vara rädd för pastor Johannes. Han är den bäste, den mest oantastlige, den … jag saknar ord, men honom kan ingen vara rädd för."

"Känner du honom?" frågar Catrin förvånat.

Gunilla nickar.

"Vi har en nära relation, pastor Johannes och jag. Mycket nära. Om du har varit uppe hos Den Levande Tron och hört honom prata måste du förstå att han är alldeles, alldeles underbar … inte bara som pastor. Han är en fantastisk människa över huvud taget."

Inger har suttit tyst och lyssnat. Nu tar hon till orda.

"Det låter otroligt. Skulle Jörgen Fredriksson vara predikant i Den Levande Tron? Att han skulle ha någon slags koppling till en frikyrkoförsamling har jag hört, men sekt …Jag visste att det fanns någon sorts sekt i den gamla byskolan, men att han skulle vara inblandad i den … nej, det fattar jag helt enkelt inte! Som jag känner honom – fast jag känner honom väl inte så där jättebra – så är han en vanlig, trevlig man som inte har något konstigt för sig."

"Konstigt? Menar du att det är konstigt att vara ledare för en frikyrkoförsamling?"

Gunilla spottar orden ur sig och reser sig häftigt upp.

"Den Levande Tron är ingen sekt!! Det är en fantastisk öppen församling som utgår från alla människors godhet och vilja att nå ett högre mål i livet. Där finns definitivt ingenting att vara rädd för. Inga tvång eller krav, så jag förstår verkligen inte vad Joakim har blivit skrämd av! Inte kan det vara av pastor Johannes i alla fall."

Catrin reser sig också upp, börjar plocka ihop koppar och fat på brickan. Inger ser besvärat på henne och Gunilla. Stämningen har förändrats radikalt mellan dem, och hon ser sig ingen annan råd än att hastigt förklara för Catrin att Gunilla och hon har en tid att passa i Kinna och måste ge sig i väg. Gunilla följer tacksamt med henne, kastar en mörk blick på Catrin som står obeslutsam kvar med brickan. Allt hände så snabbt och med ens är hon ensam kvar i syrenbersån. Vad betydde det som sagts? Att Gunilla är involverad i pastor Johannes gemenskap var inte att ta miste på. Men hur?

Är Gunilla och pastor Johannes ett par?

Kapitel tjugoåtta

Bilen glider in på parkeringsplatsen vid Vårbackabron i Torestorp. John kliver ut och beundrar den vackra renoverade gamla bron. Alldeles nyss har den tagits i bruk igen. Han kisar mot solen. Inte ett moln denna härliga sommardag. Nedanför bron glittrar vattenytan, en fisk slår och han betraktar ringarna som bildas. En mört eller kanske en abborre. Han ser sig omkring men Catrin Mendez syns inte till. Hon har ringt honom på hans telefonsvarare och talat in att han ska meddela sig till henne när han anländer till den lilla byn. En liten ort men stor nog att ha en egen kyrka. Undrar hur hon kunde hamna här…

”John, hallå, hej”, hör han en välbekant röst.

Hon kommer honom till mötes och ger honom en kram och en kindpuss, men han är avvisande.

”Välkommen chefen”, säger hon.

” Välkommen … ja, det kan du säga! Jag hade ingen aning om var du befann dig, du bara stack din väg. Ingen visste var du var! Och Charles och Björne? Var är de? Vet de var du är? Du drar till hotahejti utan att säga något till någon. Du kunde åtminstone nämnt något till mig. Så bra kollegor har vi väl ändå varit i en hel massa år, även om du hållit hus någon annanstans ett tag. Hoppas att Björne åtminstone vet var hans mamma håller hus. Helt plötsligt ringer högste chefen och talar om – utan någon som helst förvarning – att han godkänt att du stämplar in i min organisation. Nej, Catrin. Det är helt enkelt inte okej."

"Snälla John, jag vet att jag gjort något som sticker i ögonen på dig och några andra. Charles och jag var överens om att jag drog, men ... Kan vi inte vänta med detta tills ikväll? Du ska bo i Röllese i huset jag hyr över sommaren när du är här. Jag har fixat mat, öl och till och med en liten flaska Beska Droppar. Då kan vi prata om mig, varför jag drog och varför jag söker mig tillbaka. Charles och Björne, ja. De är i Skillinge hos Charles kompis Martin, och jag fick nästan en chock när jag försökte få tag i Charles. När jag ringde till hans mobil var det en kvinna som svarade! 'Charles telefon, det är Mia.' sa hon. Jag slängde på luren förstås – någon Mia känner jag inte, så du kan tänka dig hur fantasin löpte amok i mitt huvud. Som tur var redde vi ut det där häromdagen. Mia är tydligen Martins sambo, så allt är okej nu. Nog om det. Nu ska jag ge dig en liten guidning i området och så ska jag sätta in dig i det aktuella fallet. Du kommer nog att förstå att det är ett fall som passar oss som hand i handske."

"Jag noterar att du har anlag för svartsjuka och ser troll på ljusa dagen. Mia! Alla känner Mia. Hon jobbar som civilare på span. Det vet du väl", säger John.

"Är det den Mia? Nej, jag kände inte igen hennes röst, och hur kunde jag veta att hon är sambo med Charles kompis Martin? Hon är skittrevlig men knappast Charles typ", svarar Catrin lättad.

"Okej, hoppa in då så drar vi."

Catrin sätter sig i framsätet och kastar en blick bakom sig.

"Varför hänger min uniform där bak?" säger hon och betraktar fältuniformen.

"Den hämtade jag i ditt skåp på stationen eftersom din tjänste-ställning hos mig kräver uniform. Du vet att jag är petnoga med detaljer. Det är sommar så du kan skippa slipsen om du vill. Du kan byta om senare i eftermiddag."

Catrin lämnar hans kommentar obesvarad. Uniform i sommar-värmen. Med eller utan slips känns det som en överloppsgärning. Måste de verkligen skylta så med att de är poliser? Eller är det ett utslag av Johns fixering vid deras olika tjänstegrad? Hon skakar på huvudet. John är sig lik. Så byter hon ämne.

"Vi börjar på Seatons kulle", säger hon och visar honom vägen.

Han sätter på de roterande blåljusen i grillen – trots hennes gri-mas och huvudskakning – bara för att markera att det är en polisbil, medan de kör uppför Seatons kulle. På toppen vid den gamla rui-nen stannar de och John beundrar utsikten. Inte samma vy som från hans fönster i Bjärred utan ett panorama över milsvida skogar, hagar och vatten. Vid Öresund är horisonten oändlig medan Öresjöns ho-risont är kort och nära.

"Där nere", säger Catrin och pekar på ett litet område som är av-gränsat med avspärrningsband, "där har du brottsplatsen."

"Det har regnet väldigt mycket här i trakten." fortsätter hon. "I våras gick sjövattnet upp mer än en meter och orsakade väldiga översvämningar, speciellt på denna del av sjökanten. Det har aldrig hänt förut. Första gången i mannaminne. Förmodligen var det det som gjorde att skelettdelarna kom i dagen."

John nickar instämmande.

"Skelett efter en vuxen människa och ett barn. Stämmer det?"

"Ett prelimärt svar kom i morse som säger att kropparna var nästan helt förmultnade och har varit döda i mellan åtta och fjorton år. Barnet hade antydan till klädrester kvar medan den vuxna personen förmodligen begravts naken. Nu försöker man analysera klädresterna för att eventuellt kunna hitta någon märkeslapp eller liknande. Patologen antyder att den vuxne är en kvinna och kan ha varit vid liv då hon begravdes. Förmodligen trodde gärningspersonen att hon var död eftersom hon hade allvarliga skador i huvudet. Men det är rubricerat som mord. Som du vet är preskriptionstiden tjugofem år, alltså måste det utredas. En slutrapport kommer om en vecka eller så. Märkligt är att det inte finns något spädbarn anmält som försvunnet i hela Sverige under denna tidsperiod. Ett tiotal försvunna kvinnor är anmälda men ingen från den här trakten. Vi behöver inte gå nerför kullen nu – där finns inget mer att se för tillfället – utan låt oss sätta oss ner och se om vi upptäcker kungsörnen som häckar på andra sidan. Jag såg den igår kväll vid skymningen, då den flög tätt över vattnet, slog ner och flög vidare med något i klorna. Den är magnifik.", säger Catrin Mendez.

"Kungsörnar och näktergalar … fåglar är inte mitt största intresse, varken stora eller små, men örnen får gärna flytta till Bjärred och jaga i väg dessa förbannade fridstörande småfåglar som kallas för skönsjungande."

"Jaså, du har fortfarande problem med Sveriges vackraste fågelsång." svarar Catrin med ett skratt.

På väg till Catrins boende noterar John att ett stort antal nya skogsmaskiner, typ skotare, och två lastmaskiner är uppställda på den sommarlovsstängda skolgården.

"Jag ser att du tittar på alla nya maskiner. Här står maskiner för många miljoner. Det blir snart officiellt att Svansjö säteri har fått sitt avverkningstillstånd godkänt för att börja kalhugga 400 hektar prima skog för att bereda plats för tre stycken mindre gruvor som ska bryta koppar och zink i början av nästa sekel. Enligt miljöfolket en oerhörd katastrof. De protesterar så gott de kan. Min kompis Inger hör till miljörörelsen och är verkligen aktiv tillsammans med en annan kompis från trakten, Gunilla, just nu. Nästan militant när det gäller protesterna mot avverkningen. Det är en greve af Silfverberg som äger säteriet. Advokaten i Bjärred och han är nog kusiner. Jag har aldrig träffat honom, men till och med gården jag hyr av ledaren för en frikyrka som har sitt säte i skogen mellan Torestorp och Öxabäck, riskerar kanske att rivas i detta rivningsvansinne. Fast kanske ändå inte ... Däremot kommer förmodligen byggnaderna som frikyrkan Den levande Tron håller till i att rivas. Om de inte självmant säljer tillbaka fastigheterna till säteriet kommer marken att exproprieras. Du vet, mineraler går före miljön och religionen kommer sist i kedjan. Jag kommer ju själv ifrån ett storgods och känner väl till dessa gårdars filosofi. Profit först och sedan – om det passar in i planeringen – tar man hänsyn till miljön. Vad som är rätt eller fel beror förstås på vilken utgångspunkt man har, eller hur? Godsherre eller miljövän ..."

"Hur långt är det till Öxabäck?" frågar John, som uppenbarligen missat en del av Catrins utläggning. Hans tankar är någon helt annanstans.

"Inte långt, kanske en mil. Varför undrar du? Känner du till Öxabäck?" svarar hon förvånat.

"Min okände pappa ligger begravd där. Jag vill gärna besöka graven. Hinner vi nu?" frågar John

"Spännande, men vi tar det ikväll eller imorgon. Han lär inte försvinna därifrån." svarar Catrin med ett skratt.

"I morgon ska vi träffa Joakim." fortsätter hon. "Det var han som upptäckte skeletten. Du får själv försöka prata med honom. Han är en fåordig kille på tjugo år, liten till växten, lite tillbakadragen. Han har varit mycket ensam under sin uppväxt och mobbades under skoltiden. Det verkar som om han funnit sin trygghet i Den Levande Tron, men med tanke på att hans känslor för pastor Johannes är minst sagt motsägelsefulla undrar jag hur det är med den tryggheten. Trots allt verkar det som om han återvänt till församlingen. Kanske den enda familj han har. Om man nu kan kalla det för familj."

Joakim, tänker Catrin, hoppas du kan leda oss någonstans, att du kan ge oss lite mer om vad församlingen sysslar med – och om det hänger ihop med benresterna.

Kapitel tjugonio

Kvällen i Röllese blev gemytlig och avslappnad. John hade taggat ner och de hade mycket att prata om efter så lång tid på olika håll. Inte minst Catrins redogörelse för det aktuella fallet. De diskuterade vilket nästa steg borde bli och var överens om att en intervju med Joakim stod högst på listan. Men först en läcker kvällsmåltid bestående av en viltgryta, färskpotatis, en sallad gjord på grönsaker som Inger tagit med sig från sitt grönsaksland och till det vin eller öl efter behag. Johns prio ett var förstås öl, och han flinade nöjt när Catrin tog fram flaskan med Beska droppar.

"Mysigt hus det här", säger John och tar en klunk öl efter den sista tuggan viltgryta.

"Mmm", svarar Catrin. "Du anar inte vad detta betyder för mig. Att få bo i Ingers gamla föräldrahem över sommaren. Det är obeskrivbart! Här har jag tillbringat mina lyckligaste sommarlov, och nu har jag hela huset för mig själv. Fast det hade förstås varit fint om allt hade varit som förut med Arvid och Hildur och Inger och alla hennes syskon ..."

Hon suckar, låter blicken svepa över vardagsrummet som otroligt nog ser nästan precis likadant ut som för nästan trettio år sedan. Så många minnen ...

"Arvid och Hildur är borta för längesen och syskonen skingrade. De flesta bor i närheten med sina familjer, Inger bor till exempel i Kinna med man och barn."

"Den där jeppen du hyr av – vem är det egentligen? Någon slags pastor? Namnet låter förresten bekant. Det ringer en klocka ... Jörgen Fredriksson ... så hette en gammal skolkamrat till mig."

Catrin ler.

"Ja, du. Han är lite av ett mysterium för mig. Som jag säkert nämnt så heter han Jörgen Fredriksson – eller pastor Johannes som han kallas i församlingen. Han tittade in här redan första kvällen jag kom, och sedan har vi umgåtts en hel del. Suttit och pratat över ett glas vin – eller kanske två eller fler – fram till småtimmarna många nätter."

"Aha! Anar jag ett problem? Vet Charles om din tête-a-tête med pastor Johannes?"

Catrin skrattar och reser sig för att hämta kaffet som hon satt på för en stund sedan. När hon kommer tillbaka ser hon allvarligt på John.

"Nej, inget problem alls. Jörgen – som han är för mig – är bara en trevlig samtalspartner. Vi har pratat om allt möjligt och lärt känna varandra rätt väl, men bara som vänner. Något annat skulle jag aldrig kunna tänka mig. Du vet ju att Charles är mannen i mitt liv, och det kommer aldrig att ändras!"

"Du säger det ..."

John låter inte övertygad.

"Det är sant. Vi är bara vänner, men ..." Catrin tystnar, vet inte hur hon skulle formulera det.

"Jörgen är speciell. Du skulle se honom i församlingslokalen. Jag har aldrig sett någon som fångat sin publik så totalt som han gjorde. Jag blev väldigt tagen av hans ord även om jag för mitt liv inte skulle kunna återge vad han sa. Det var bara något med hans utstrålning, hans röst …"

John skakar på huvudet.

"Det måste vara den Jörgen Fredriksson som gick i skolan i Bjärred samtidigt som jag. I så fall gick han en eller två klasser över mig. Han var speciell, ensam utan kompisar. Hans pappa var en otäck jävel, präst och känd för att sätta skräck i eleverna han hade i kristendomskunskap. Jörgen var redan då en fenomenal talare, precis som sin far. Jag minns speciellt en timme som kallades elevens fria val. Det var något som återkom varje fredag, och då samlades hela skolan i aulan för att lyssna på den som ville framträda med något. Jörgen tog fram en stol, klättrade upp på den och höll lite av en predikan. Helt utan manuskript. I trettio minuter pratade han om något, vad minns jag inte nu. Men han fick oss att lyssna, att sitta tysta. Till och med Einar kom av sig och satt som ett ljus och lyssnade. Fröken var lycksalig och höjde Jörgen till skyarna. Han, ensamvargen, hamnade plötsligt i fokus och blev till och med populär. Men jag minns att jag kände hur det kröp utmed ryggraden när han tittade på en. Hans blick … det var som om han såg rakt igenom en, lika obehagligt som jag kommer ihåg att hans far betedde sig under sina lektioner."

"Ja, det måste vara din gamla skolkamrat som hamnat här."

"Men hur är din relation till Jörgen egentligen? Så engagerad som du låter borde jag kanske ta ett samtal med din käre man."

"Nej, John!" säger Catrin med emfas.

"JAG pratar med Charles om det här. Men inte nu. Vi har ett fall att lösa först. Prio ett är att prata med Joakim igen, men sedan står Jörgen på tur. Eller pastor Johannes. Intervjun med Joakim kan ju ge en bild av församlingen – om vi får honom att prata vilket kanske inte blir så lätt. Det kan i sin tur ge oss info om Den Levande Tron och om det finns några kopplingar mellan fynden vid Seatons kulle och församlingen."

"Sekt, skulle jag nog hellre kalla den där församlingen", muttrar John.

Catrin rycker på axlarna.

"Det må så vara, men än vet vi ingenting. Förresten – vad var det där du sa om Öxabäck?"

John dröjer lite med svaret. Stjälper i sig det sista ur snapsglaset.

"Jag gick ju igenom Lillemors efterlämnade kartonger. Äntligen fick jag ändan ur vagnen och gick igenom varenda en av kartongerna. Vilket jobb!"

Han pustar som om han gjort det alldeles nyss, och Catrin nickar medlidande men med ett leende som han kan tolka som han vill.

"Där fanns både det ena och det andra. Hemlighetstämplade dokument från hennes jobb, men för mig var det jag hittade om min far mest intressant. Vi har väl inte pratat så mycket om det, du har bara vetat att jag växte upp med Lillemor men att ingen far fanns i familjen. Han fanns, förstås, ingen tror väl på jungfrufödsel …" frustar han men Catrin ser inte det roliga i hans korkade påstående.

"Men", fortsätter han, "jag hittade sånt jag inte hade vetat något om alls. Det ser ut som om Lillemor blev illa behandlad av honom, min pappa alltså. Rent av misshandlad. Jag fann några foton som jag helst inte ville ha sett … men så var det. Han hette Rolf Skoglund. Inte ens det hade hon berättat för mig. Han dog redan 1957. Jag har inget minne av honom alls, jag tror han lämnade oss när jag var en två-tre år gammal. Men i Lillemors papper låg hans dödsannons, och där stod det att han begrovs på Öxabäcks kyrkogård. Vilket sammanträffande! Nu är jag här, bara någon mil från kyrkogården där min okände far ligger begravd. Du förstår att jag vill köra dit, eller?"

"Det är klart, men vad tror du att du kan hitta mer där än en gravsten?"

"I bästa fall kan jag stöta på någon kyrkvaktmästare eller annan gammal gubbe som kommer ihåg vem Rolf Skoglund var. Det måste ju finnas någon anledning till att han är begravd just där."

Catrin kastar en blick på klockan och reser sig upp. Hon samlar ihop tallrikar och glas och går ut i köket.

"Om du går upp för trappan hittar du ett litet rum till höger. Där har jag bäddat till dig. Sov gott så ses vi i morgon. Myggnätet är monterat på fönstret så rör inte det. Okej om jag väcker dig vid åttatiden?"

"Ja ja", stönar John och lyfter sin tunga lekamen ur soffan, där han sjunkit ner efter maten. "Det är väl lika bra att sätta i gång så tidigt som möjligt. Vi har ett tufft arbete framför oss. Att få något ur den där Joakim verkar ju inte vara det lättaste."

"God natt, chefen!" ropar Catrin efter honom. "I morgon är en ny dag, och vad den har med sig vet vi inte."

Kapitel trettio

Catrin såg till att frukosten avåts så snabbt det bara var möjligt. Här gällde det att vara stringent om något skulle bli gjort. Hon hade funderat över hur de lättast skulle få tag i Joakim men kommit fram till att det troligen var i Skogsgläntan han befann sig. Han hade ju trots allt återvänt till Den Levande Tron. Antagligen hade han ingen annanstans att ta vägen. Hon hade inte kunnat få ur honom någon information om familj eller bostad nere i Kinna eller i någon av byarna däromkring.

John startar bilen och så bär det i väg. Den smala grusvägen från stora vägen mellan Torestorp och Öxabäck är nätt och jämnt farbar med bil, så John gnäller förstås om att underredet skulle kunna komma att skadas. Catrin lyssnar inte på honom, tänker bara på att nu skulle John förmodligen få träffa Jörgen för första gången. Hon bävar inför mötet mellan dessa så olika personligheter.

De parkerar bilen och går fram mot byskolan, där porten står öppen. Ute på gårdsplanen är det folktomt, så församlingsmedlemmarna befinner sig antagligen inne i kyrksalen. Orgelmusiken strömmar ut därifrån, och försiktigt kikar de in i salen. Mycket riktigt. Det är fullsatt i bänkarna och i talarstolen står pastor Johannes. Catrin sneglar på sin kollega. Måtte han hålla sig i skinnet och inte ställa till något. Av honom väntar hon sig allt. Eftersom John enligt vad hon vet är så långt ifrån religion och kristenhet man kan komma, skulle han till och med kunna brista ut i gapskratt vid åsynen av den vitklädde, långhårige pastor Johannes, som står och mässar framför sin församling.

Catrin misstar sig. John står alldeles stilla och lyssnar. Sedan sätter han sig ner på en stol i bakersta bänkraden och Catrin slår sig ner bredvid honom. Under pastor Johannes hela framträdande sitter han tyst och till synes andäktigt lyssnande. Visst hade Catrin fångats av den karismatiske församlingsledaren, men inte hade hon trott att John skulle bli så påverkad.

Andakten avslutas med ett musikstycke på orgeln och därefter börjar församlingen troppa av. Pastor Johannes har förstås sett dem när de kom in, och nu närmar han sig dem med ett välkomnande leende.

"Välkomna hit till Den Levande Tron. Jag ser att du tagit med dig en vän, Catrin."

"Ja, detta är min kollega, John Skoglund. Vi skulle vilja prata med Joakim – är han här idag?"

Pastorn ser sig omkring.

"Jag är inte säker på att jag sett honom i dag, men fråga Judith. Hon vet säkert."

Han vänder sig om för att återvända till templet, men så stannar han upp och kastar en blick på John, en blick som får John att inse att han är igenkänd. Men varför säger han inte något? Vill han inte ha med sitt förflutna att göra? John skakar på huvudet. Jörgen har alltid varit konstig och konstigare har han tydligen blivit. Pastor Johannes … jojo!

"Undrar just vad Alfred Fredriksson hade tyckt om det!" muttrar John och följer efter Catrin, som är på väg mot lärarbostaden för att hitta Judith.

Hon står i köket i full färd med att förbereda dagens lunch.

"Så roligt att se dig igen, Catrin!" hälsar Judith med ett leende.

"Jag har med mig en kollega, John Skoglund. Talade jag om sist att jag är polis?"

Judiths leende slocknar och hon betraktar dem oroligt.

"Polis? Har det hänt något? Varför är ni här?"

Catrin ler lugnande.

"Nej då, du behöver inte bli orolig! Det hände något för ett litet tag sedan uppe på Seatons kulle som vi måste utreda, så jag skulle vilja prata med Joakim. Är han här idag?"

"Seatons kulle ... Joakim? Jag förstår inte ..."

Nu tar John till orda med sitt bryska polismaner.

"Som sagt. Vi behöver göra en intervju med Joakim Knutsson med anledning av vad han berättade för Catrin när de sågs på kullen. Är han här?"

Judith torkar av händerna på förklädet och ser sig förvirrad omkring.

"Joakim ... jaa, jag tror jag har sett honom nu på morgonen. I grönsakslandet kanske? Det ligger bakom templet."

"Tack för upplysningen!" säger John kort, och så lämnar han köket tillsammans med Catrin för att leta upp sitt intervjuoffer.

Bakom templet har församlingen anlagt en imponerande odling av allehanda grönsaker. Potatislandet upptar en tredjedel av marken, och resten har avsatts åt morötter, sallad, lök, purjolök, squash och andra ätbara växter Catrin inte genast kan påminna sig namnet på. Dessutom finns där ett växthus av icke föraktlig storlek där man förmodligen odlar tomater och andra mera känsliga grödor.

Mycket riktigt befinner sig Joakim där, upptagen med att ta upp potatis. Han ryggar tillbaka när han upptäcker Catrin, men hon inser snabbt att vad som skrämmer honom är nog snarare uppenbarelsen av den myndige poliskommissarien John Skoglund, som betraktar den unge mannen med bister min. Hon skakar på huvudet. Varför ska han alltid betona sin ställning på det där sättet? Han skrämmer ju bara dem han ville prata med, och hur ska han då kunna få något vettigt ur dem? Som Joakim nu. Hon vet mycket väl hur känslig pojken är, och att det bästa sättet att få veta något från honom är att behandla honom med silkesvantar. Så hon tar ett steg fram och lägger en hand på hans axel.

"Hej, Joakim. Se inte så förskräckt ut – varken jag eller min kollega är farlig. Vi vill bara prata lite med dig. Kan vi sätta oss här vid växthuset?" säger hon och pekar på trädgårdsmöblerna som antagligen placerats där för att erbjuda en plats för återhämtning efter arbetet med odlingarna.

Joakim nickar och lägger hackan ifrån sig i potatislandet. Catrin ger John en blick som får honom att mildra den bistra minen. De slår sig ner och John fiskar upp ett anteckningsblock ur fickan. Han är som alltid noga med att allt ska göras enligt reglerna, och en intervju måste förstås dokumenteras.

"Du heter alltså Joakim Knutsson", börjar John.

Joakim nickar, fortfarande med skrämd blick.

"Som jag förstår det träffade du min kollega, Catrin Mendez, på Seatons kulle för en dryg vecka sedan. Av Catrins berättelse förstår jag att du blivit skrämd av något du sett ... benrester?"

Joakim nickar igen men säger ingenting. John mumlar något irriterat och tittar uppfordrande på honom.

"Kan du berätta för mig vad det handlade om?" säger han och sätter pennan till anteckningsblocket, beredd att skriva ner vad Joakim förhoppningsvis kommer att berätta för honom.

"Jo ..." börjar Joakim och kastar en ängslig blick på Catrin. "Jag har ju berättat allt för Catrin. Hon var så snäll och tog hand om mig då ..."

"Men nu är det jag som vill veta vad du såg! Nå?" avbryter John honom.

Joakim harklar sig, tar sats och fortsätter:

"Jag hade rymt från Skogsgläntan och bara sprang och sprang. Till slut var jag där nere vid stranden, och det hade regnat så mycket att jag bara sjönk ner i gyttjan och då hittade jag ..."

Han tystnar.

"Vad hittade du?" säger John otåligt. Skulle han behöva dra allt ur den där slyngeln?

"Ja, människoskallar. En liten och en stor, och andra benknotor också. Jag tänkte … jag tyckte det var så hemskt, och så kom jag att tänka på det som pastor Johannes hade sagt, men det är nog inte viktigt …"

"Pastor Johannes? Vad har han att göra med ditt fynd?"

"Ingenting. Ingenting alls, jag tänkte fel …" säger Joakim ångerfullt.

"Har du sagt A får du banne mig säga B också."

Johns tålamod har nått en gräns, och eftersom Catrin känner väl till hur burdus hennes kollega kan vara, lägger hon en hand på Johns arm och ger honom en varnande blick.

"Joakim, berätta bara vad du sagt till mig." säger hon mjukt.

"Det var nog allt …" svarar Joakim med en tacksam blick på henne. "Jag såg de där skallarna och benen och blev rädd. Allt kom över mig, allt pastor Johannes har predikat om. Han brukar prata om att man måste vara beredd att offra det som står en närmast, och då tänkte jag … men jag vet att det måste vara fel. Pastor Johannes är sträng men snäll. Han är en god människa, och det han sa handlade säkert inte om offer på det sättet …"

Nu kan John inte hålla sig.

"Menar du att den här sekten skulle ägna sig åt människooffer?"

"Nej, nej! Och det är ingen sekt. Vi är bara en församling där alla är måna om varandra. Vi har det jättebra här och pastor Johannes leder oss den rätta vägen. Jag tänkte bara att han och mariorna – så brukar jag kalla Sara och Judith – ibland tar sig till Seatons kulle, och jag vet inte vad de gör där. Men skallarna kan inte komma från något de har gjort. Aldrig i livet!"

Joakim ser så olycklig ut att Catrin har svårt att låta bli att ta honom i famn, men hon behärskar sig. Han har bara låtit sin fantasi skena iväg, och Catrin är säker på att det är just det det handlar om – fantasi. Hon känner Jörgen tillräckligt väl för att inse att människooffer definitivt inte är något han skulle ägna sig åt. Tror hon i alla fall. Nu kommer hon att få ta till all möda i världen för att övertyga John om det. Hon suckar och reser sig upp. Innan John hinner protestera säger hon till Joakim att gå tillbaka till potatislandet, att de är nöjda med vad han berättat. John ger henne en förgrymmad blick.

"Jag var inte klar!" muttrar han men följer med henne bort mot bilen.

"Du kan inte få ut mer av honom. Du ser ju att han är livrädd! Låt mig prata mer med honom senare." svarar Catrin och sätter sig i passagerarsätet.

"Ville du förresten till Öxabäck? Det tar bara tio minuter att köra dit."

Han nickar och med en rivstart lämnar de Den Levande Trons marker.

Kapitel trettioett

John parkerar vid församlingshemmet i Öxabäck. Catrin öppnar den gnisslande järngrinden, som leder in till kyrkan och kyrkogården, som ligger alldeles intill.

"Så fridfullt det är här!" utbrister hon.

John nickar instämmande. De enda ljud de hör är råmande från några kor som går och betar i hagen nedanför kyrkan. Och fågelkvitter.

"Jag vet inte om graven finns på gamla eller nya delen av kyrkogården, men den borde vara här någonstans, på den gamla delen antar jag."

John ser sig omkring. Så upptäcker han en gammal böjd man som ligger på knä och rensar ogräs från en grav med pampig sten. Han närmar sig honom så försiktigt en man med hans kroppshydda är förmögen, vill inte skrämmas.

"Förlåt att jag stör", börjar han, "men jag undrar om du kan hjälpa mig."

Mannen reser sig mödosamt upp, plirar på honom med klar blick i ett fårat ansikte. Så upptäcker han Catrin, som står bakom John.

"Fint besök, ser jag!" säger han. "Vad kan så fint folk ha för ärende här?"

John räcker fram en hand och hälsar artigt på den gamle mannen.

"Jag heter John Skoglund och kommer från Bjärred i Skåne. Min far lär vara begravd på den här kyrkogården, men jag vet inte var graven finns. Skulle du kunna hjälpa mig att hitta den? Du är kanske gammal Öxabäcks-bo?"

Mannen nickar.

"Jo du, sen flera generationer. Här har vi bott och brukat jorden sedan början på 1800-talet. Jag heter Efraim Svensson och bor uppe i skogen du ser där borta", säger han och pekar mot ett skogsområde bakom kyrkan, där man också kan se skymten av en sjö.

Han tar några stapplande steg mot en bänk vid kyrkans långsida.

"Sätt er ner här, så får vi en pratstund. Det är alltid trevligt att språka med folk som kommer hit, tycker jag."

Och de slår sig ner på kyrkbänken och väntar på att Efraim ska börja prata. Först lägger han omsorgsfullt in en rejäl prilla under överläppen, så tittar han forskande på John.

"Skoglund, sa du. Kan det vara så att du är släkt med Rolf Skoglund?"

John nickar ivrigt.

"Just det! Rolf Skoglund var min far. Men tyvärr kände jag honom aldrig. Han lämnade min mamma och mig när jag var liten. Så något minne av honom har jag inte."

"Så det säger du …"

Efraim nickar eftertänksamt och sitter tyst en lång stund. Det kliar i John av otålighet. Varför är gubben så långsam? Men han inser att det gäller att ta det i hans takt. Med tanke på Efraims historia i byn kan han mycket väl ha information om Rolf, så John väntar snällt.

"Roffe, ja. Nog vet jag vem han var. Kanske kände jag inte honom så väl, men hans pappa var däremot känd i byn. Eller ökänd, skulle man kanske säga."

Han flinar. John vet inte vad han ska säga. Så hans farfar hade kanske inte varit guds bästa barn. Kanske till och med kriminell? Det skulle just se snyggt ut. John – polis och hans farfar – brottsling. Om det nu var så.

"Ökänd, säger du?" frågar han försiktigt. "Vad menar du med det?"

"Ja ja, kanske inte ökänd direkt, men nog visste alla i byn vem han var. Han brukade titta lite för djupt i flaskan, om man säger så, och då var det inte nådigt att vara i närheten. Humöret ..." skrockar Efraim.

"Så han var alkoholist min farfar?"

"Så kallas det visst. Fyllbult sa vi på den tiden. Hans fruntimmer hade det nog inte så lätt, kan tänka. De bodde bortåt Strömma till, en gammal timmerstuga i skogen, och där fanns varken el eller vatten inne. Men det var väl inte så ovanligt vid den tiden, förstås. Nej, Elin hade nog ett helvete! Och hur den lille Roffe hade det kan jag föreställa mig. Han kom nog i vägen för Svens hurringar mer än en gång. Som jag minns det var han skygg och höll sig undan så gott han kunde. Liten till växten, svarthårig som pappan ... kan det ha funnits tattarblod där månne? Ja, inte vet jag. Elin var däremot ett rekorderligt fruntimmer som råkade illa ut när hon föll för den där Sven Skoglund. Jag säger då det ..."

Tankarna far runt i Johns hjärna. Om hans farfar varit våldsam var det kanske inte så konstigt om hans far också var det. Och det hade han uppenbarligen varit med tanke på de otäcka fotona av den misshandlade Lillemor. Ville han veta mer? Det var nog oundvikligt. Hade han äntligen kommit så långt att han träffat någon som känt inte bara hans far utan också hans farfar var det väl bara att ta tjuren vid hornen och gå vidare. Efraim var en källa till kunskap om Johns bakgrund, det förstod han.

"Men Rolf – vad vet du om honom? Stannade han kvar i byn"

Efraim skakar på huvudet.

"Roffe, ja. Han konfirmerades här, det minns jag, men sen ... jag tror att han jobbade ett tag på lådfabriken, men vad som hände sen ... Kan han ha dragit till sjöss?"

Catrin har suttit tyst och lyssnat. Ett riktigt original den där Efraim, tänker hon. Men hon inser att John förmodligen inte skulle få veta så mycket mer. Hon är på väg att resa sig när Efraim börjar prata igen.

"Men nu minns jag! Han kom tillbaka hit någon gång i början på 50-talet, och då hade han med sig en konstig filur. Roffe hade flyttat till Skåne, och nu hade han med sig någon som påstod att han var präst. Alfred hette han visst. Det var en riktig kuf den där Alfred. Sven och Elin var borta för längesen, så Roffe och Alfred bodde i hans gamla barndomshem. Alfred försökte locka till sig folk, jag tror det började på Skållareds marknad, där han stod och predikade. Det var nog de som tyckte han var bra, men nej … han försvann, kanske tillbaka till Skåne. Och Roffe … det var bra sorgligt. En sen oktoberkväll hittade några jägare honom. Död. Det var nog inget konstigt med det. Fattigbegravning kallas det väl, men en sten fick han. Jag ska visa dig …"

Och så reser Efraim sig och de följer efter honom till ett hörn av kyrkogården, och där är den. Johns fars grav.

"Så cirkeln är sluten." säger Catrin när de är på väg tillbaka till Röllese.

"Vad menar du?" frågar John.

"Alfred predikade på Skållareds marknad, som ligger alldeles i närheten, och nu är hans son tillbaka och predikar han också."

John begrundar hennes ord. Han funderar över vad Roffes kontakt med Alfred kan ha betytt för Lillemor. Som han mindes det hade hon aldrig varit förtjust i den stränge prästen. Tvärtom hade hon tyckt synd om den lille Jörgen som vuxit upp utan mamma och med en sån pappa. Lillemor hade faktiskt varit väldigt avståndstagande till den karismatiske prästen Alfred Fredriksson. Fanns det något där som John inte kände till? Nu när Jörgen dykt upp, och det i samband med ett fall han var satt att utreda, kanske det fanns anledning att undersöka saken. Om tiden medgav det förstås.

Alfred i Öxabäck och Jörgen i Torestorp. Troligen for hans fantasi bara iväg med honom, men han kunde inte låta bli att undra …

Kapitel trettiotvå

Tillbaka från utflykten till församlingen Den Levande Tron och inte minst kyrkogården i Öxabäck, som gett John en hel del att fundera över, kör de ner till Kinna för att proviantera. Catrin har bjudit in Jörgen på middag så att John ska få träffa honom lite mer informellt och göra sig en bild av vem denne märklige man är. Visserligen har de känt varandra en gång i tiden, men så mycket har förändrats sedan dess att det förmodligen kommer att vara som ett möte mellan främlingar. För att inte tala om att de mötts i Skogsgläntan men att det då inte var Jörgen John träffade utan pastor Johannes. Vem av dem som skulle dyka upp till middagen vet Catrin inte, men hon hoppas att det är pastorn med tanke på vilka intressanta samtal det skulle kunna leda till.

"Kantareller, västerbottenost, färdig smördeg – lite fusk är tillåtet – grädde, jordgubbar … saknar vi något?" säger Catrin och betraktar vad hon lagt ner i kundvagnen.

John ler spjuveraktigt.

"Du missar det viktigaste …"

"Aha!" avbryter Catrin honom, "öl, snaps till dig och vin till mig!"

John nickar nöjd.

"Jag går in på systemet och fixar det, så kan du samla ihop specerierna och gå mot bilen. Jag kommer i ett huj."

Väl tillbaka i Röllese placerar Catrin John i soffan i vardagsrummet med en kall öl så att hon kan rumstera om ensam i köket. Hon funderar över vad hon gett sig in i. Ett möte mellan dessa så olika män kan sluta hur som helst. John, den oformlige, burduse, klumpige, odiplomatiske men mycket intelligente poliskommissarien med sinne för detaljer och ett orubbligt ordningssinne. Pastor Johannes, mannen med oemotståndlig karisma, inkännande, flexibel men samtidigt dogmatisk i sitt tänkesätt och också han mycket intelligent. Hon ser fram mot en spännande kväll tillsammans med dessa omaka människor.

Hon kastar en blick ut genom köksfönstret och ser att Jörgen är på väg. Eller rättare sagt pastor Johannes. I fotsid vit klädnad, enkelt bälte om midjan, slitna sandaler och håret utsläppt är han i det närmaste inkarnationen av sin herre, Jesus Kristus. Eller – någon annan skulle kanske hellre se honom som en övervintrad hippie från tidigt sjuttiotal. Vilken kontrast till den prydligt klädde John i nystruken skjorta och uniformsbyxor med skarpa pressveck. Visserligen ingen slips, men ändå högst presentabel.

Det slår henne att hon har tre män i sitt liv som alla är betydelsefulla för henne. Charles, förstås, som är hennes älskade man och far till hennes son, tryggheten personifierad. John, kollegan som hon högaktar och älskar att samarbeta med. Och så Jörgen … lockande, farlig, karismatisk, otillåten. Hon ruskar på huvudet. Bort alla sådana tankar, nu är det en trevlig middag som väntar. Förhoppningsvis.

Catrin möter Jörgen i hallen och som vanligt blir hon knäsvag av hans varma kram och inte minst den intensiva blicken han fångar henne med. I kväll är det pastor Johannes som kommer på middag, men för henne är han trots allt bara Jörgen. Kanske är det av självbevarelsedrift hon tänker så, men hon vägrar tillåta sig att bli mer påverkad av honom än hon redan blivit. Hon mumlar något om att John sitter i vardagsrummet och han går dit. Jörgen stelnar till, har förmodligen väntat sig en middag på tu man hand med Catrin. Och så sitter det en annan man i hennes vardagsrum.

En spänd tystnad uppstår, hon "hör" den ända ut i köket. Men sedan hälsar de på varandra som civiliserade människor. Vad de har med i bagaget från skoltiden i Bjärred har hon ingen aning om, men hon minns att Jörgen reagerade starkt när hon nämnde John och hans mamma. Sedan hade de inte tagit upp ämnet. Vad John anbelangar har han bara sagt något om att de var skolkamrater. Bara det.

"Välkomna till bords, mina herrar!" säger hon och bjuder dem att slå sig ner vid det generösa köksbordet där hennes läckra doftande kantarellpaj väntar tillsammans med en härlig grönsallad och lämpliga drycker därtill.

Ju mer innehållen i glasen sjunker desto öppnare blir samtalet vid bordet. Jörgen håller sig till enkelt bordsvatten. Innan de hunnit till desserten knackar det på dörren och Catrin går förvånad ut för att öppna. Hon väntar inget mer besök denna kväll. Utanför står greve af Silfverberg.

"Gokväll. Ursäkta att jag stör."

Han presenterar sig och hälsar på John, som han aldrig träffat förut. Så faller hans blick på Jörgen.

"Det var faktiskt dig jag sökte. Jag trodde nog du var här. Kan vi pratas vid några minuter här ute?" säger greven och nickar utåt mot gårdsplanen.

Jörgen följer med honom ut utan något större engagemang, nästan motvilligt som om grevens besök väckt onda aningar hos honom. Catrin och John sitter kvar, villrådiga och förvånade. Vad kan detta handla om?

Jörgens onda aningar besannas när greven utan omsvep delger honom länsstyrelsens förhandsbeslut som kommer att offentliggöras om tio dagar. Beslutet innebär att skogsavverkningen kan påbörjas, och man kommer att sätta i gång planeringen på att öppna några gruvor. En av dem, den där man planerar att bryta zink, kommer att öppnas just där församlingens tempel ligger. En annan gruva planeras att öppnas på landtungan Nabben vid Öresjöns norra del. Församlingen kommer att anvisas ett annat område. Om man inte flyttar godvilligt kommer området att exproprieras och i så fall erbjuds inget ersättningsområde. Klara tuffa besked.

Catrin och John som följt ordväxlingen från fönstret ut mot gården ser att det till en början vänliga, lågmälda samtalet övergår till en animerad ordväxling med yviga rörelser från båda parter. Vad de däremot inte kan tyda av den upprörda ordväxlingen inifrån sin plats i rummet, är att Jörgen övertalar greven att möta honom vid en plats norr om Öresjön, där han vill visa något som kan ändra det ödesdigra beslutet. Greven går med på att träffas vid Nabben nästa morgon.

Av naturliga skäl kommer kvällens samtal att handla om vad

som hotar inte bara pastor Johannes församling utan också stora områden där omkring. Han är nedstämd men inte nedbruten.

"Jag har ett trumfkort som jag kommer att presentera för greven i övermorgon. I bästa fall kommer det att leda till att tillståndet återkallas." säger han.

"Ett trumfkort? Det låter spännande! Vad handlar det om?" frågar John.

Pastor Johannes skakar leende på huvudet. Sitt trumfkort kan han inte avslöja, men han antyder att det kan vara så revolutionerande att det kommer att ändra historieskrivningen.

Så lämnar han dem och tackar för en utsökt middag och trevlig samvaro. Han har ett möte att passa, säger han och försvinner ner mot den lilla röda stugan. Om det funnits något otalt mellan honom och John är det som bortblåst.

Senare samma kväll har pastor Johannes stämt träff med Gunilla, som smyger sig in i hans stuga utan att någon ser henne. Hon kastar sig om hans hals, hon har längtat så … men han lösgör sig. När han berättar om förhandsbeskedet brister hon ut i gråt.

"Vad kan vi göra?" snörvlar hon fram mellan tårarna.

Han lugnar henne.

"Vi får absolut inte ge upp. Nu är det dags att sätta i gång med demonstrationen. Ge dig av till de andra som tältar i skogen och som säkert är beredda med plakat och kedjor. Jag har ett ärende i morgon bitti som i bästa fall kan ändra situationen radikalt. Håll ut, Gunilla, min älskling."

Så kramar han henne och ger sig av till Skogsgläntan. Han nämner inte sina planer att möta greven men säger till Judith att han kommer att behöva hennes hjälp nästa morgon.

Pastor Johannes somnar den kvällen med förtröstan på vad som ska hända nästa dag. Han summerar sitt liv och inser att han är lyckligt lottad med tre kvinnor som älskar honom förbehållningslöst. Sara, Judith och Gunilla. Och kanske även en fjärde, Catrin med det oemotståndliga leendet och det skarpa intellektet. Att hon inte är oberörd av honom tycker han sig ha märkt.

Nu ska han bara få greven att ge med sig …

Kapitel trettiotre

Dimman ligger som en fuktig matta över bygden och duggregnet ger sig inte. Efter sedvanlig morgonbön och efterföljande havregrynsgröt har Sara packat pastor Johannes ryggsäck med smörgåspaket, vattenflaska och de handverktyg han kommer att behöva vid sin exkursion till Seatons kulle och den hemliga grottan.

Den hopfällbara spaden och yxan har han fäst vid sin ryggsäck, sandalerna är utbytta mot gummistövlar. Judith har kört fram bilen och väntar med motorn i gång. Volvon har församlingen köpt för en billig penning hos en skrothandlare i närheten, och sedan har Joakim renoverat den och försatt den i körbart skick. Han är något av en naturbegåvning när det gäller motorer. Besiktningen klarade den utan anmärkning.

Joakim, ja. Han försvann från församlingen under några veckor men kom sedan tillbaka. Varför han rymde och vad som hänt under tiden han var borta har han inte velat prata om. Sedan han kom tillbaka har han fokuserat på odlingarna bakom templet. Motorer och trädgårdsodling, lika begåvad i båda ämnena. Det tycks som om Joakim helst koncentrerar sig på ett ämne i taget, och där är han något av en expert.

Framför kyrkan i Torestorp har ett dussintals personer samlats. De är försedda med plakat och banderoller. *Stoppa avverkningen av min skog* och *Inga gruvor i min skog* hinner Jörgen läsa innan han ser en buss stanna till. *Bergstrands busstrafik, Göteborg*, står det på sidan av den hyrda bussen.

"Stanna här", beordrar han Judith.

Hon bromsar in bara ett par meter från bussen. Ut hoppar ett trettiotal personer och tömmer bussens bagageutrymme på plakat och campingutrustning. Jörgen läser på trycket på deras t-shirts att några representerar miljöpartiet och andra rörelsen Rädda vår planet. Han vevar ner sidofönstret och tittar ut.

"Hej, vadan denna stora folksamling? Jag ser bara några enstaka bekanta ansikten", säger han.

Jörgen har absolut ingenting emot att de demonstrerar mot skogs-avverkningen och de planerade gruvorna, men varför är stämningen så aggressiv? Med ilska kommer man inte långt, här gäller det att sansat och med relevant information som motvikt gå in i diskussionen med myndigheterna. Annars finns ingen framkomlig väg.

På väg upp mot Seatons kulle passerar de några traktorer och skotare på väg mot Älekulla och Svansjö säteris marker. De möter en reportagebil från Göteborgsposten, vilket ser lovande ut. Om pressen engagerar sig kan det bara gynna demonstranterna.

"Tror du att greven kommer att få sitt avverkningstillstånd?" frågar Judith oroligt.

"Det ser ut som om han tror det i alla fall eftersom han leasat så många maskiner. Han har redan börjat avverka en del skog och det hade han nog inte gjort om han inte trott på sin sak. Länsstyrelsen kommer med sitt utlåtande nästa vecka, och jag har fått möjlighet att inkomma med ett sista yttrande", svarar pastor Johannes.

"Vad kommer du att svara länsstyrelsen?"

"Greven och jag ska förmodligen träffas ganska snart för att diskutera vår församlings markområde. När jag grundade församlingen fick jag köpa tre hektar skog runtomkring våra byggnader, och nu vill jag utöka arealen med ytterligare tre hektar blandskog. Du vet, de marker som ligger strax norr om oss."

"Så bra! Vi behöver verkligen mer plats nu när församlingen växer. Många vill ansluta sig till Den Levande Tron och flytta hit. Vi är verkligen trångbodda som det är nu, speciellt lärjungarna."

"Absolut. Vi behöver plats för ett nytt vackert tempel med en aula som rymmer alla som vill delta i våra möten, och de blir allt fler. Dessutom tänker jag planera plats för alla kommande barn med lekskola, lekplatser och skola. Lärarbostaden, där du, Sara och jag bor börjar också bli för liten, speciellt med tanke på de barn vi hoppas ska födas snart." säger pastor Johannes med en menande blick på sin chaufför.

"Greven påstår att på vår mark kommer en dagbrottsgruva att öppnas inom kort", fortsätter han. "Det lär finnas zink i jorden, så han vill att församlingen ska flyttas en mil väster om Öxabäck. Varför skulle vi flytta? Romarna försökte flytta Jesus men han lydde inte. Men jag har ett trumfkort på hand som greven inte kan bortse från."

"Så spännande! Får jag fråga vilket det trumfkortet är?"

"Nix! Det är hemligt", svarar pastor Johannes med ett konspiratoriskt leende.

Volvon rullar vidare och stannar högst uppe på kullen. Dimman har lättat och utsikten över sjön är magnifik.

"Hämta mig om …han räknar på fingrarna. Klockan är nu 08.30. Om åtta timmar. Kanske får du vänta lite, men jag kommer."

"Vad är det du ska göra här egentligen?" dristar Judith sig att fråga, trots att hon känner på sig att det egentligen inte är läge att fråga honom om syftet med turen hit. Men pastor Johannes ler bara.

"Käraste Judith, jag har ett uppdrag som är avgörande för vår framtid, vågar jag säga. I morgon kommer beslut att fattas, och inför det är det en del jag måste förbereda på andra sidan vattnet. Snart, snart kommer jag att kunna berätta. Skynda dig nu tillbaka till de andra så ses vi senare i eftermiddag."

Judith ger honom en varm kyss, kramar honom hårt och säger 'Lycka till'.

"Jag längtar redan efter dig. I kväll är det min tur."

Jörgen nickar, kliver ur bilen och försvinner nerför stigen. Han fortsätter ner till strandkanten där en liten eka ligger förtöjd. Med femtio kraftiga årtag når han motsatta stranden, lämnar ekan och försvinner bort mot den nästan igenvuxna stigen. Judith sänker kikaren och ser konfunderad ut. Vad håller pastor Johannes på med i skogen som är så hemligt att han inte ens talar om det för Sara och henne?

På väg tillbaka stannar hon till vid demonstranterna som håller på att organisera sig. Hon går runt bland folket, hälsar på några hon inte känner och får till slut kontakt med Gunilla, som bor i Fönhult alldeles i närheten av Röllese. De har tidigare hälsat på varandra i lanthandeln och växlat några ord. Hon har sett Gunilla som entusiastisk åhörare vid mer än en predikan som pastor Johannes har hållit. Judith och Sara har lagt märke till att pastorn har talat tyst och med inlevelse med Gunilla vid några tillfällen. Kanske försöker han få henne att ansluta sig till församlingen? Eller kan han ha andra planer för henne? Deras samtal har haft en oroväckande intim karaktär. Oroväckande eftersom hon och Sara inte skulle välkomna en konkurrent i det nära livet med pastorn. Två kvinnor för en man är alldeles tillräckligt, tänker hon.

Gunilla berättar att när länsstyrelsen offentliggör beslutet att greve af Silfverberg får tillstånd att avverka skogen och planera för brytning av mineraler, kommer gruppen att kedja fast sig vid lämpliga träd och andra föremål.

”Än så länge reser vi bara tälten ute i skogen. Där kommer vi att sova och stanna kvar för att bevaka skogen. Om det kommer ett beslut om tillstånd till avverkning flyttar vi inte på oss förrän myndigheterna ändrar sitt beslut. Göteborgsposten har lovat bevaka våra låtanden och göranden.”

Judith lyssnar och tar in allt Gunilla säger med stort intresse.

”Kom upp till oss i templet och berätta om hur miljörörelsen tänker. Vi är idel öra.” säger Judith inbjudande till henne.

”Gärna det”, säger Gunilla och tänker i sitt stilla sinne att kanske har hon inte varit så ofta i templet uppe i skogen, men att hon vet något som Judith tydligen inte känner till. Att Jörgen har en plan, och nästa dag ska hon sätta fart på demonstranterna. De ska inte behöva vänta längre.

Kanske har hon inte varit i lärarbostaden där Jörgen bor med sina kvinnor, Sara och Judith, tänker hon med ett leende, men i den lilla röda stugan i Röllese …

Kapitel trettiofyra

Följande dag ger Jörgen sig återigen iväg till Seatons kulle. Också denna gång är det Judith som kör honom dit, och lika förvirrad är hon. Vad är det som händer? Jörgen tar sig nerför kullen, ror över sjön och stannar till på stranden. Hon förstår ingenting men är klok nog att inte fråga. Det Jörgen gör är genomtänkt. Han är ledaren och vet vad han gör. Nu är det ett viktigt möte som väntar på Nabben, så mycket vet Judith, och hon släpper av honom uppe på Seatons kulle, precis som föregående dag. Liksom då har de avtalat att hon ska komma tillbaka och hämta honom, denna dag vid femtiden på eftermiddagen.

Vädret är med honom. Lätta skyar, inte för varmt och inget regn i sikte. Han tar sig ner för stigen, ror över vattnet och väntar in greven nere på Nabben. Med stor tillförsikt ser han fram mot mötet. Hans upptäckt måste bli ett hinder för grevens planer. Något annat är inte möjligt.

Judith har precis som förra gången dröjt sig kvar och med kikarens hjälp ser hon hur Jörgen och greve af Silfverberg träffas och hälsar på varandra. Sedan försvinner de in i grönskan, tar den svårtillgängliga stigen som Judith sett pastorn Johannes ta dagen innan och försvinner ur hennes synfält. Förbryllad undrar hon varför de tar sig dit. Finns det något av intresse där? Hon skakar på huvudet, sänker kikaren och startar bilen för att köra därifrån.

Jörgen visar greven vägen till grottan. På väg dit berättar han om hur han mött Jesus i en uppenbarelse i grottan, men greven är minst sagt skeptisk och misstänker att Jörgen yrar. Det buskage som döljer ingången till grottan avlägsnas och Jörgen baxar med stor möda bort stenen som slutgiltigt hindrar någon från att finna den dolda grottan. Sedan Jörgen upptäckte den har han återvänt flera gånger i hemlighet och placerat kandelabrar med ljus där, som han tänder nu så att grottmålningarna blir synliga.

Greven blir stående alldeles perplex. Detta hade han inte väntat sig. Ljuset från kandelabrarna studsar mot grottväggarna och från en dold högtalare kommer stämningsfull musik. Det är helt enkelt obeskrivbart, rent av himmelskt vackert.

Och Jörgen kan inte låta bli att provocera honom.

"Är pengar mer värt än detta? Ser du värdet i grottmålningarna, som förmodligen har många tusen år på nacken? Kan du med rent samvete starta en utgrävning här på Nabben för att utvinna en liten mängd zink? Du vet ju inte ens hur stor fyndigheten här är."

Greven är förstummad. Om grottmålningarna är genuina – vilket han inte betvivlar – är de ett arkeologiskt fynd av stort värde. Riksantikvarieämbetet kommer att ha synpunkter på det och knappast gå med på att han startar planeringen av en gruva här. Han ser i andanom hur hans lukrativa satsning rinner bort i sanden. Om han någonsin ska kunna använda den här marken kommer det i vilket fall att dröja många år, kanske årtionden. Om det över huvud taget kommer att bli möjligt.

"Vem känner till denna grotta med målningarna?" frågar han Jörgen.

"Bara jag", svarar Jörgen. "Och det är inte bara målningarna som är värdet i den här grottan – som jag sa så uppenbarade sig Jesus för mig här och uppmanade mig att föra ut hans budskap i världen. Du kan tänka dig hur viktigt detta är för hela kristenheten."

"Jesus? Menar du verkligen att Jesus uppenbarade sig här för dig?" säger greven, fortfarande skeptisk och avståndstagande.

Är Jörgen galen?

"Men det förstår du väl, Jörgen, att vi måste utnyttja de fyndigheter som finns här. Inte kan jag stoppa planerna på utgrävning bara för att du säger dig ha sett Jesus här. Det måste ha varit hallucinationer!"

Jörgens blick mörknar. Han inser att det kommer att bli svårt för att inte säga omöjligt att övertyga greven om grottans värde. Greven tycks inte ens bli imponerad av målningarna.

"Målningarna torde härstamma från Vendeltiden, det vill säga från omkring 500-talet. Säger inte det dig någonting? Begriper du inte vad det kan innebära för historieskrivningen? Om man tyder tecknen kan man kanske få en indikation på när kristendomen kom till Norden."

Greven ger till ett torrt skratt.

"Det vet både du och jag att kristendomen kom till Norden någon gång på 800-talet i och med att Ansgar kom hit. Kom inte med några andra fantasier. Det kommer ingen att tro på i alla fall. Vad säger att denna grotta är unik? Området vimlar av grottor och hålor. Det borde du veta, du som krupit omkring i leran i två år."

Nu är Jörgen riktigt uppretad men inser samtidigt att han måste agera så diplomatiskt som möjligt. Trots det tänker han följa sin ursprungsplan, att kräva en summa på hundratusen kronor av greven.

"Du ska dra tillbaka ansökan om avverkningstillstånd och skänka hundratusen kronor till min församling", säger pastor Johannes.

Nu har grevens tålamod nått sin gräns, och innan Jörgen hinner reagera har greven ryckt till sig en av de tunga kandelabrarna och med kraft drämt den i huvudet på honom. Han faller direkt till marken. Greven slår en gång till och ännu en gång. Till sin fasa inser han att han i sin obehärskade vrede dödat Jörgen. Gjort sig skyldig till mord.

När greven blir medveten om vidden av vad han gjort, får han bråttom att ta sig därifrån. Han vinnlägger sig om att täppa till grottöppningen ordentligt, först med den stora stenen och sedan med växtlighet så att det ska vara omöjligt att ens ana att det finns en grotta här.

I all hast ger greven sig iväg från platsen, något lugnad av vetskapen om att han inte har berättat för någon att han stämt möte med Jörgen här. Troligen har Jörgen inte pratat om det heller – han hade ju varit så mån om att betona att det han skulle visa var en väl bevarad hemlighet. Om ingen annan känner till grottmålningarna kan de inte heller utgöra något hinder för utgrävningarna.

Med en suck av lättnad ger sig af Silfverberg iväg hem till Svansjö säteri. Nu är alla hinder för hans planer på skogsavverkning och utgrävning av värdefulla mineraler undanröjda.

Tror han.

Kapitel trettiofem

Judith ser sig oroligt omkring. Klockan närmar sig halv sex och pastor Johannes syns fortfarande inte till. Har hon missuppfattat honom? Nej, hon är säker på att han sagt att hon skulle hämta honom vid femtiden. Visserligen hade han sagt att det kanske kunde dröja lite innan han dök upp, men han hade också betonat att hon skulle vänta på honom.

När det gått mer än en timma börjar Judith ana oråd. Något måste ha hänt honom. Vad ska hon göra? Vad kan hon göra ... Hon hade sett honom klättra ner för stigen mot stranden, och där hade hon sett honom möta fienden, greve af Silfverberg. De hade tillsammans börjat ta sig uppför den oländiga smala stigen på andra sidan och försvunnit in i de täta snåren. Hon hade inte känt någon anledning till oro trots att det var sin fiende han stämt möte med. Pastor Johannes hade varit så hemlighetsfull och lett förtröstansfullt när de skildes åt.

"Nu kommer allt att ordna sig, Judith. Vi kommer inte att behöva flytta församlingen. Allt kommer att fortsätta som förut." hade han sagt.

Judith ser sig förvirrat omkring. Ingen pastor Johannes. Att han inte dykt upp som avtalat är minst sagt oroväckande. Så kommer hon att tänka på Gunilla. Något var det som fått henne att ana att Gunilla visste mer om pastorns planer än hon själv. Eller misstog hon sig? I vilket fall kan hon inte sitta kvar på Seatons kulle längre. Hon kan förstås köra ner till Torestorp och se om Gunilla är där bland demonstranterna. Kanske ett halmstrå, men på något sätt måste hon försöka ta reda på vad pastor Johannes hade haft för ärende till Seatons kulle. Hans kryptiska påstående att allt skulle ordna sig tydde på att han haft en plan. Hade planen något med greven att göra?

I demonstranternas tältläger råder febril verksamhet denna morgon. Den planerade demonstrationen måste äga rum så snart som möjligt, dels framför kyrkan i Torestorp, men man diskuterar också möjligheten att demonstrera på torget i Kinna. Gunilla irrar oroligt omkring bland plakat och banderoller.

"Är det någon som sett till pastor Johannes i dag? Ska inte han vara med här vid kyrkan nu?"

Hon möts bara av huvudskakningar. Ingen har sett till honom sedan dagen innan. Så ser hon den välkända volvon köra in på parkeringen vid kyrkan. Judith kliver ut och vinkar till henne.

"Vet du varför pastor Johannes skulle träffa greven vid Seatons kulle i dag?"

Judith hade sprungit fram till henne och hasplar ur sig orden med andan i halsen. Gunilla skakar oroligt på huvudet.

"Vid Seatons kulle? Möta greven där? Ja, jo … kanske han sa något om det. Varför undrar du? Har det hänt något?"

Lika orolig som Judith tänker Gunilla på vad pastor Johannes sagt när de skildes åt kvällen innan. Att han hade ett ärende som skulle förändra allt. Ett ärende – vad det handlade om hade han inte sagt, men denna morgon hade Judith kört honom till Seatons kulle. Kunde det hänga ihop? Men hur i så fall? Vad var det på Seatons kulle som kunde påverka tillståndet till avverkning av skogen? Hon förstår ingenting.

"Sa han inte vad han skulle göra på kullen? Jag vet att han hade ett ärende nu på morgonen. Det var säkert viktigt, för han sa att det skulle kunna förändra allt … Judith – vi måste hitta honom! Och ja, jag är nästan säker på att han hade stämt möte med greven på stranden nedanför Seatons kulle."

Nu är de båda kvinnorna riktigt oroliga. Att allt inte står rätt till med att pastor Johannes försvunnit är de klara över, men vad kan de göra?

"Vi måste tillbaka till Seatons kulle", säger Judith beslutsamt. "Det var där jag senast såg honom, och sedan dess är han borta. Det måste finnas en förklaring där."

Väl uppe på kullen ser de sig planlöst omkring. Eftersom Judith sett pastor Johannes ta stigen ner till stranden och sedan rott över till andra sidan och träffat af Silfverberg där, inser de att de på något sätt måste ta sig dit. Om han nu är kvar där. Och greven? Var finns han nu? Hade han kommit tillbaka från mötet med pastorn.? Från kullen kan de inte se någon människa där nere, men pastor Johannes och greven hade följt en liten igenvuxen stig och försvunnit i de täta snåren. Det hade Judith sett.

"Vad gör vi?" säger Gunilla uppgivet och sjunker ner på en sten vid ruinen.

Judith skakar missmodigt på huvudet. Hopplöst läge. Om han bara inte hade varit så hemlighetsfull. Nu är det enda de vet att han haft ett viktigt ärende, som uppenbarligen handlade om mötet med greven. Ett möte som skulle kunna göra att tillståndet för avverkning kunde återkallas. Det räckte inte långt.

"Vi får köra tillbaka till Torestorp och se till att demonstrationen kommer i gång i alla fall. Kanske har han kommit tillbaka och sitter i godan ro uppe i lärarbostaden? Eller är i full färd med att organisera demonstrationen." säger Judith tröstande och startar bilen.

Gunilla hoppar in, och under tystnad kör de nerför kullen och bromsar in framför kyrkan. Ingen pastor Johannes där heller. Men demonstranterna är ivriga att sätta i gång med sin protestaktion. Utan något större engagemang organiserar Gunilla dem med hjälp av Judith. Tankarna på pastor Johannes lämnar henne inte en sekund. Hon har en stark känsla att det har hänt honom något. Något hemskt.

Uppe vid Skogsgläntan parkerar John återigen vid grinden. Den här gången är det tänkta intervjuoffret pastor Johannes själv. Hans namn figurerade så ofta i fallet med människoskallarna att det var dags att höra från honom själv vad han visste eller hade för tankar om Joakims fynd.

"Nej, han har inte synts till idag." svarar Sara, och hon försöker inte dölja sin oro.

"Kanske är han i Röllese, men han sa uttryckligen att han skulle vara hemma till middag i dag. Judith skulle hämta honom, och hon har inte heller kommit än. Kan det ha hänt dem något? En bilolycka?"

206

Catrin skakar lugnande på huvudet.

"Det tror jag inte. Vi tog en tur förbi kyrkan för att se hur demonstranterna skötte sig, och då såg vi att Judith var där. Men pastor Johannes såg vi inte heller till. Vet du när Judith skulle hämta honom?"

Sara har svårt att hålla tårarna borta.

"Pastor Johannes brukar alltid göra som han sagt. Om Judith var vid kyrkan ensam – var är då pastor Johannes? Jag måste ta mig dit och fråga ..."

John erbjuder henne att följa med dem ner till Torestorp. De är ju också angelägna att få tag i pastor Johannes för att förhöra honom. Under bilturen berättar Sara att pastorn varit så förväntansfull inför sin tur till Seatons kulle i dag. Varför begrep hon inte. Det var inte så ovanligt att han – och ibland tillsammans med Sara och Judith – for dit för att meditera. Men i morse hade det varit annorlunda. Han betonade att det var något han måste göra, att han hade ett mycket viktigt ärende. Ett trumfkort hade han kallat det. Och Judith hade sett honom möta greven på stranden.

John och Catrin ser på varandra. Ett trumfkort. Det var vad han pratat om kvällen innan. Det kändes än viktigare nu att få tag i pastor Johannes.

Vid kyrkan har demonstranterna nu ställt upp sig med sina plakat och banderoller och skanderar slagord för fullt samtidigt som Göteborgs-Posten fotograferar och intervjuar. Sara springer fram till Judith, som står lite i skymundan. Av hennes min att döma förstår John och Catrin att pastor Johannes fortfarande är försvunnen.

"Vad gör vi nu?" suckar Catrin. "Ingen pastor, Joakim syns förresten inte heller till. Hur ska vi få i gång utredningen? Det känns som om vi famlar i blindo."

John förlorar sig med blicken i fjärran. Han tänker så det knakar. Så lyser han upp.

"Du! Den där greven som kom och ville prata i enrum med Jörgen i går – honom skulle vi kanske prata ett sanningens ord med. Grevar ger jag inte mycket för, och gudarna vet vad det var som var så viktigt att han måste komma och störa vår middag. Vad säger du? Och visst sa Judith något om att hon sett greven möte Jörgen nere på stranden vid Seatons kulle? Han måste veta något om vad som hänt Jörgen!"

"Det ligger något vad du säger. Så – mot Svansjö säteri!"

Kapitel trettiosex

Catrin söker febrilt på navigatorn, så kallad Tom Tom, som är sidomonterad i Saaben. Ingen kontakt är svaret. John småler eftersom han vet att den nya revolutionerande tekniken inte fungerar utanför de stora riksvägarna. Svansjö säteri finns däremot tydligt angivet på bilkartan som ligger placerad i handskfacket.

Det tar tjugo minuter att komma fram till avtagsskylten med texten: *Svansjö Säteri 2 km, endast behörig trafik.* En mäktig ekallé leder fram till säteriet. Fasaderna är vitkalkade och det svarta tegeltaket glänser i solen. I vinkel med huvudbyggnaden ligger två stallbyggnader, också de vitkalkade. Husen omges av välklippta gräsmattor, och lite längre bort skymtar en hage där några hästar och kor betar fridfullt tillsammans. En idyll som hämtad från ett vykort.

Plötsligt dyker Gunilla och ett par av demonstranterna upp framför bilen. De bär på skyltar med texterna: *Stoppa skövlingen* – rädda skogen! *Vi ger aldrig upp!* och blockerar vägen. John stannar och rullar ner fönstret.

"Vägen är avspärrad, blockerad. Säteriet är satt i blockad", säger Gunilla.

John ler, visar sin polislegitimation, trycker på blåljusknappen och sätter på sirenen.

I pur förskräckelse tar Gunilla ett steg åt sidan. John hör henne säga att hon inte visste att John var polis. Men då har han redan passerat. Han parkerar mitt framför huvudentrén, men de sitter kvar i bilen eftersom en stor svart hund bevakar dem.

"En rottweiler", säger Catrin. "Den rasen är inte att leka med."

Dörren öppnas och en ung kvinna kommer ut. Trygg med att hunden inte kommer att anfalla kliver John ur bilen och visar sin legitimation.

"Så snabbt ni kom! Det är bara några minuter sen Rutger ringde och anmälde typerna på infartsvägen för olaga intrång. Han fick svaret att polisen hade viktigare saker att handha. Först någon gång i eftermiddag kunde de skicka en bil."

"Rutger?" säger Catrin förvånat.

"Förlåt! Jag menar förstås greven, Rutger af Silfverberg heter han. Det är han som äger säteriet. Jag heter Veronica och är hans sambo."

John bestämmer sig för att det är mest taktiskt att stå på god fot med herrskapet och hälsar med ett artigt leende. Sedan sätter han på kommunikationsradion i bilen.

"Kommissarie Skoglund här," säger han vid anropet till centralen i Borås.

"Jag och inspektör Mendez befinner oss nu på Svansjö säteri, och här säger de att det inte finns några bilar tillgängliga för att handha ett olaga intrång. Stämmer det verkligen?"

"Hallå kommissarien. Välkommen till Boråspolisen. Nej, det stämmer inte. Bilar har vi men ingen personal, bara två aspiranter som sköter garaget."

John tänker efter. Aspiranter skulle göra bättre nytta här än i ett varmt garage.

"Gör så här," säger han myndigt. "Skicka aspiranterna i en polisbuss med blåljus och påslagen siren. De får rensa infarten till herrgården från demonstranter, lasta in dem i bilen och köra dem till Torestorp. Där kan de släppas av vid den stora demonstrationen vid kyrkan, eftersom det är där de har tillstånd att demonstrera. Detta är en order."

Veronica skiner upp när hon hör Johns order.

"Kom in, så hämtar jag Rutger. Får vi kanske bjuda på en kopp te eller kanske hellre kaffe?" säger hon och slår upp porten.

De följer efter henne in i den magnifika hallen och vidare till det imponerande lantköket. Stora öppna ytor, moderna köksmaskiner. Ändamålsenligt möblemang. John tar intryck och försöker applicera något av inredningen på sitt eget härliga kök som han gärna kan tänka sig förbättra i herrgårdsstil.

Greven är klädd precis som de har förväntat, klassiskt enkelt i kostym som andas mycket god ekonomi. Han är blek och nervös, blicken flackar och svetten pärlar sig i pannan. Han torkar sig ideligen med näsduken med sirligt monogram och ger ett stressat intryck.

Johns förklarar att de utreder fyndet av de två skeletten nedanför Seatons kulle. Greven förklarar att han inte vet något om dem. Så vitt han vet – och han borde känna till allt som händer i trakten – kan han inte påminna sig att det skulle saknas varken något spädbarn eller någon vuxen.

På ena väggen hänger en stor karta över området med en massa färglagda markeringar. Greven förklarar vad de betyder. John pekar på ett ställe och säger att han har förstått att det är där som skeletten hittats. Det är alldeles nedanför Seatons kulle.

"Den platsen du pekar på tillhör inte min mark, men på andra sidan sjön börjar området som jag ska börja kalhugga. När vi tagit bort all växtlighet ska en dagbrottsgruva öppnas för att utvinna zink."

"Du ser att det finns ett klipparti med stora stenar runt om. Det kommer att sprängas bort. Hålet blir trettio meter i diameter och hundra meter djupt", tillägger Veronica.

Greven sitter tyst på kökspallen och nickar instämmande.

"Visserligen ska vi kalhugga men det är bra för miljön. Om tjugo år kommer miljörörelsen att tacka oss för kalhygget eftersom det kommer att växa fram en helt ny skog, en bättre skog. Jag förstår inte varför det ska demonstreras." fortsätter greven.

"Men hur går det med frikyrkan? Berörs Skogsgläntan av dina planer?" frågar Catrin, som hört av Gunilla och Inger att det inte enbart är marken vid Seatons kulle som kommer att drabbas av skogsavverkning och mineralbrytning.

"De som är där är bara en samling idioter." fnyser Veronica föraktfullt.

"Den där pastor Johannes är en karismatisk kvinnoförförare och dessutom farlig. Jag undrar hur många liv han har på sitt samvete. De måste flytta, annars vräks de", fortsätter hon.

"Hur då förförare?" frågar Catrin motvilligt, eftersom hon känner sig träffad.

"Jag har träffat honom ett par gånger och han sög tag i mig. Jag hade inte en chans utan. föll direkt för hans karismatiska charm. Innan det gick för långt träffade jag som tur var Rutger som räddade mig. När jag kommit därifrån fick jag äntligen distans till vem Jörgen Fredriksson eller pastor Johannes, som han kallar sig när han ikläder sig sin frälsare Jesus roll, verkligen är. Han lever intimt ihop med två kvinnor som lyder honom blint. Inget ifrågasättande. De samtycker med hans filosofi att förföra kvinnor och göra dem med barn. Allt för ett högre syfte, att skapa avkommor av honom som kan föra hans lära vidare till kommande generationer. Många dras till församlingen som han kallar Den Levande Tron, tragiskt nog många unga människor. De blir medlemmar och flyttar till de enkla bostäderna som omger templet i Skogsgläntan. Ingen protesterar mot att skänka alla sina världsliga egendomar till honom. Han lovar dem ju att de ska få allt de behöver av mat och boende som medlemmar i församlingen. Andlig tillfredsställelse ingår också i boendet. Något annat har de inget behov av övertygar han dem om. Själv äger han allt och lyckas med konststycket att få dem att se det som naturligt att han, ledaren, står över de andra och därför också har rätt att bestämma vad han får äga. Han är otroligt manipulativ och får dem att stanna kvar utan tvång. De 'väljer' att följa honom, säger han. Det är därför han är farlig. Ni som är poliser borde granska honom och hans lärjungar och försök ta reda på hur många av hans lärjungar som bara försvunnit, gått upp i rök", säger Veronica och smeker Rutgers hand som för att lugna honom.

John betraktar henne eftertänksamt. En församling som mest av allt liknar en sekt. Och nu är pastor Johannes försvunnen. Catrin sneglar på honom. Veronicas information är verkligen något att gå vidare med. Såväl i utredningen om skeletten som i sökandet efter den försvunne pastorn. Så kommer hon att tänka på varför de i första hand sökt upp greven.

"Förresten, vi har hört från Judith på Skogsgläntan att du stämt träff med Jörgen nedanför Seatons kulle nu på morgonen. Hon såg er faktiskt träffas där, men sedan dess har ingen sett Jörgen? Vet du vart han tog vägen efter ert möte?"

Greven stelnar till, bleknar och flackar med blicken.

"Ja, vi sågs där …" stammar han fram. "Vi pratade bara några minuter – det var bara några små bagateller vi behövde reda ut, och nu är det avklarat. Sedan var jag tvungen att ta mig tillbaka hit eftersom det hotades med demonstrationer …"

"Och Jörgen då? Var han kvar där på stranden när du gick därifrån?" frågar John uppfordrande.

Greven rycker på axlarna.

"Det tror jag. Vi gick upp i skogen och satt där och pratade, men sen … jag har inte en aning om vart den där galningen tog vägen. Nu har jag faktiskt inte tid med er längre." avslutar han.

"Tack för all upplysning." säger Catrin och reser sig upp. "Det du berättat är mycket värdefullt för vår utredning om morden på spädbarnet och kvinnan. Vi hör av oss om vi behöver veta mer. Och skulle du komma på något mer är det bara att du hör av dig, också om du hör något från Jörgen Fredriksson. Vi måste verkligen få tag i honom, men det verkar som om ingen vet var han håller hus."

John är mer än nöjd. Nu kan han ringa Ankarberg och rapportera vad han fått veta om Den Levande Tron, just den information han behöver för sitt egentliga och fortfarande hemliga huvuduppdrag. Nästa steg blir att besöka Skogsgläntan och Den Levande Tron igen. Där hoppas han kunna få mer information om hans gamla skolkamrat. Är Jörgen en ful fisk eller bara vilsen i ett religiöst töcken, där han verkligen tror att han som pastor Johannes är kallad av Jesus? Och var är han nu? Inte ens greven, som bör vara den som sist såg honom, vet …

Kapitel trettiosju

" Intressanta upplysningar vi fick av grevens sambo. Den där Jörgen är en person som vi måste granska ingående. Utan dröjsmål!" hävdar John när de åter sitter i bilen på väg tillbaka mot Torestorp.

"Har du någon plan för hur vi ska göra? Han är förresten försvunnen, har du glömt det?" frågar Catrin lite retsamt.

"Klassiskt utredningsarbete. Börja med att inhämta information. Det får bli ditt uppdrag de närmaste dagarna".

John ignorerar hennes oro för att Jörgen faktiskt är försvunnen. Han har bara sitt huvuduppdrag för ögonen i denna stund.

"En försvunnen pastor … det har bara gått en dag, han dyker säkert upp. Har väl hittat någon ny kvinna att förföra", säger han med ett snett leende.

"Och var tänker du att ska jag börja?"

John tittar på klockan. Visaren pekar på elva.

"Jag beställer en bil till dig från Boråspolisen. En aspirant får hämta dig och köra dig till Lund. Du är där vid tresnåret. Det är tisdag idag och du kan vara tillbaka senast fredag eftermiddag. I Lund ska du ta kontakt med stiftet, med platsansvarig för de arkeologiska utgrävningarna i Uppåkra eftersom Jörgen Fredriksson är arkeolog, och om du har tur så kanske det finns någon från universitetet som är på plats." säger John.

"Men det går inte! Jag ska träffa Inger ikväll. Vi ska ha picknick och gå igenom gamla brev och foton. Gunilla kommer också", svarar Catrin.

John vänder blicken mot Catrin, bromsar bilen och svänger in till kanten.

"Lyssna nu noga, polisinspektör Catrin Mendez. Du har frivilligt återgått i tjänst under min ledning. En gång tidigare har du gått bakom min rygg tillsammans med Bodil, och det förlåter jag aldrig. I mitt team, där du ingår nu, finns ingen plats för picknick i det gröna, pimpla vin och vara nostalgisk under pågående utredningsarbete. Nu gäller det att kavla upp armarna, spotta ut snuset, svettas långt in på natten och börja polisarbeta. Jag är din chef och bestämmer arbetsordningen. Passar det inte så kan du lämna bilen nu och ta dig till Inger och Gunilla". fräser John och kan inte låta bli att njuta av att vara chef, även om Catrin och han hittills alltid arbetet på jämställd nivå. Chef är han ju nu, utsedd av vikarierande rikspolischefen, och hans uppdrag är långt viktigare än Catrin anar i denna stund.

Catrins ögon blixtrar till, hon tar tag i handtaget och öppnar dörren. Så tittar hon på John och börjar skratta.

"Gamla kära John, min bästis. Nu känner jag igen dig. Macho-John. Naturligtvis har du rätt. Jag har saknat spännande polisarbete och nu har jag det. Du fixar transport och jag åker hem. Hem till huset i Habo Ljung och min familj, som förresten inte är där utan i Skillinge. Jag återkommer på fredag. Har du ordnat med transporten tillbaka hit också?" säger hon ironiskt.

John tycks inte uppfatta hennes sarkasm utan fortsätter:

"Du måste förstå att ditt uppdrag är att få fram så mycket information du kan om pastor Johannes på så kort tid som möjligt. Forcera dörrar om de är stängda, hota med fängelse om ingen gör som du begär. Bär axelhölster med vapen som du visar om det behövs. Jag har en otäck känsla av att vi trampar på något obehagligt, om du förstår vad jag menar".

"Och vad ska du göra när jag jobbar?" svarar hon näsvist. Så tillägger hon:

"Vilken typ av information om pastor Johannes inbillar du dig att jag kan få i Uppåkra?"

Han ignorerar hennes fråga och fortsätter med vad han själv ska syssla med.

"Jag ska begära husrannsakan hos frikyrkan. Det blir inte lätt eftersom jag inte känner den lokala åklagaren utan måste gå via Stockholm och Ankarberg. När du är tillbaka gör vi rannsakan tillsammans, precis som vi gjorde förr."

Catrin väntar förgäves på Johns ursäkt för de tidigare hårda orden.

"Nu börjar det roliga." säger han i stället. "Det är på tiden. Att bara lulla omkring bland blommor och blad och höhässjor och insekter är glädjedödande. Nu djävlar ska vi utreda och visa resultat. Även om inte hittar mördaren av de två kropparna så sätter vi dit frikyrkan om det finns bevis för olaglighet. Nu ska vi visa hemliga polisen vem som är bäst."

"Hallå där, varför helt plötsligt hemliga polisen? Är det något du undanhåller för mig?"

Catrin försöker inte dölja sin irritation. Först öser han hårda ord över henne, och sedan vet han tydligen sånt hon skulle ha nytta av att veta också. Det känns som om hon handlar i blindo. Det är definitivt inte okej. Men det är just vad John tycker att hon ska tycka.

"Du får veta mer på fredag. Okej?"

"Inte okej", muttrar hon när hon ser honom försvinna bortåt vägen, men hon inser samtidigt att hon inte har något att sätta emot. Han är ju hennes chef.

John kör upp till Skogsgläntan. Pastor Johannes har fortfarande inte synts till, så han kör ner till demonstranterna. Där hälsar han på Inger. Varken pastorn eller Gunilla har synts till. Han kontaktar centralen i Borås och får upplysningen att två av demonstranterna är avhysta från allén vid Svansjö säteri. Den tredje har inte synts till, och det framgår att den som saknas är Gunilla, Ingers kompis. Han stannar till vid bensinmacken och ringer till greven. Inget svar. Han fortsätter till Borås. Åklagarkontoret ligger alldeles intill polishuset. Han får en tid för ett möte med åklagaren nästa dag.

Klockan är nu närmare sjutton. John bokar in sig på stadshotellet, smörjer kråset med en perfekt tillagad Oxfilé Oscar, två öl och två snapsar av större storlek. Följande dag får han utan problem ett tillstånd att verkställa husrannsakan i alla fastigheter, byggnader och annat som tillhör Jörgen Fredriksson och annat som kan knytas till honom, som församlingen Den Levande Tron.

Kapitel trettioåtta

Strax efter klockan tolv blir Catrin upphämtad av en nybliven poliskonstapeln. Han vet mycket väl vem Catrin är. Kursetta och omtalad i pressen, lunch med statsministern. I dessa kretsar är hon inte anonym.

Han går nästan upp i givakt när han öppnar baksätesdörren för henne, men hon väljer att sätta sig i framsätet. Ett par timmars bilresa söderut väntar, och då kan hon lika gärna få en pratstund med den unge poliskonstapeln, tänker hon.

"Jag heter Peter", presenterar han sig när de svänger ut på vägen söderut, "och jag har fått i uppdrag av vakthavande i Borås att skjutsa dig med ilfart till Lund."

"Då får du inte dra dig för att använda såväl blåljus som siren om det blir nödvändigt. Handlar det om ilfart får vi ju inte fastna i bilköer, eller hur?" säger Catrin med ett leende.

Peter nickar ivrigt. Blåljus och sirener – häftigt! Det är nästan som att han önskar att det ska bli nödvändigt. När de kommit ut på riksväg 41 mot Varberg slappnar han av och kastar en hastig blick på sin passagerare.

"Jag vet faktiskt vem du är – du är ju en riktig kändis i våra kretsar. Catrin Mendez, första och hittills enda kvinnliga kursettan på utbildningen." säger han.

"Jo, det stämmer, men jag trodde inte det var så allmänt känt."

Peter ler och Catrin blir nästan lite generad över att han är så uppenbart imponerad av henne.

"Det pratas ofta om dig och dina framgångar i Bjärred tillsammans med den där polisinspektören … John Skoglund heter han visst. Det är väl han som är i Torestorp och skickade iväg dig till Lund nu?"

Catrin nickar. Lite irriterad. Skickade iväg minsann … Men hon vill inte tänka på Johns macho-stil nu utan i stället försöka njuta av bilresan med en trevlig kollega.

"Du måste komma och föreläsa hos oss i höst", fortsätter Peter. "Tror du det skulle vara möjligt? Du har ju varit med om så mycket. Det sägs att du till och med fick äta lunch – eller om det var middag – med Olof Palme efter examinationen. Är det verkligen sant?"

Catrin nickar bekräftande. Visst blev hon bjuden på lunch med dåvarande statsministern, en ära som få nyutexaminerade poliser förunnats. Och så berättar hon om hur det var att vara kvinna i polisorganisationen på sjuttiotalet. Det var tufft och utmanande men det gällde att inte låta någon stå på sig och framför allt – inte släppa någon manlig kollega innanför uniformen.

"Det har blivit bättre", säger hon, "det där med att kvinnan ska vara ett sexobjekt. Men jag är övertygad om att det fortfarande existerar. Det gäller att hålla på sin integritet i alla lägen."

Efter tre timmar anländer bilen inte till Lund utan till Habo Ljung. Catrin utgår från att hon telefonvägen måste anmäla sin ankomst till

Biskopsgården i förväg och försöka få tag på någon på universitetet som kan leda henne vidare, och det gör hon bäst hemifrån.

Det står en polisbil på garageuppfarten. Catrin ger tecken åt Peter att sitta kvar i bilen tills hon har tagit reda på varför den står där. Så öppnas ytterdörren, ut kliver Charles med ett brett leende.

"Catrin", ropar han glatt förvånad.

Där står han i eftermiddagssolens sken med Öresunds blå vatten skymtande i bakgrunden. Charles, hennes älskade man, Björnes pappa. Den vackraste mannen på jorden. Hans leende är brett, de vita tänderna lyser upp hans ansikte. Den mörka huden glänser av svett från fysiskt arbete. Hennes hjärtat rusar och pulsen dunkar häftigt vid åsynen av honom.

"Du kan åka. Nu behöver jag dig inte mer idag", säger hon till Peter som rivstartar och kör därifrån.

All dragningskraft som pastor Johannes haft på henne är som bortblåst. Charles tar henne i sina armar och kysser henne ömt och innerligt. Flera veckors längtan för dem ordlöst in i sovrummet. Så småningom sätter de sig upp, kan fortfarande inte låta bli att röra vid varandra, och Catrin undrar i sitt stilla sinne hur hon kunnat bli så berörd av pastor Johannes när hon har denne fantastiske man i sitt liv. Charles, den ende som hon någonsin älskat. Samtidigt inser hon faran med karismatiska och manipulativa människor – så nära det varit att hon fallit för pastor Johannes eller om det var Jörgen som påverkat henne mest. Hon skrattar till – en person med två identiteter. Galet, vansinnigt, men nu visste hon att han aldrig skulle kunna få någon makt över henne.

"Var är Björne?"

Catrin får plötsligt dåligt samvete. Hemma i villan i Habo Ljung sedan mer än en timma och hon har inte ens frågat efter sonen. Charles ler.

"Han är kvar i Skillinge Jag tänkte hämta honom i morgon. Kommer du också hem nu?"

Catrin svarar med en kyss, hon vill inte förstöra stämningen med att säga att hon förmodligen måste åka tillbaka till Torestorp om bara ett par dagar. Fallet är långt ifrån löst, och när hon nu varit med från början – det var ju faktiskt hon som först kom i kontakt med Joakim, pastor Johannes och Den Levande Tron – vill hon också vara med när allt klaras upp. Charles låter sig nöja med det, och så somnar de.

Nästa dag väcks Catrin av morgonsolens strålar genom sovrumsfönstret. Ett par sekunder ser hon sig förvirrat omkring. Nej, hon är inte i Röllese. Bredvid henne vaknar Charles när hon vänder sig mot honom. En kyss och så förklarar hon att jobbet kallar. I korta ordalag beskriver hon uppdraget hon fått av John.

Hon har tur. Biskopsgårdens pressekreterare är på plats och tar gärna emot henne en timme senare. Innan hon tar bilen dit ber hon Charles om hjälp.

"Charles, jag behöver få tag på någon ansvarig på arkeologiska eller teologiska institutionen som jag kan prata med i eftermiddag eller senast imorgon. Kan du hjälpa mig med det?"

"Ännu bättre förslag. Jag är formellt i tjänst. Jag följer med dig till Biskopsgården, och medan du pratar med pressekreteraren tar jag reda på vem du kan prata med på någon av institutionerna i eftermiddag. Du behöver en chaufför och jag ska vara i Malmö i eftermiddag. Jag anmäler helt enkelt till vakthavande att jag är på sidouppdrag." föreslår han.

Och så blir det. Lite mer tid med Charles om än bara under bilturen.

Klas Reimers, biskopens pressekreterare står det att läsa på namnskylten som är placerad på skrivbordet vid entrén till biskopens kontorsrum. Catrin är väl förberedd. Samtalet med Reimers blir över förväntan. Efter två timmar har hon fått den information hon behöver och tackar för sig, nöjd med att hon kommit ihåg att spela in allt på sitt fickminne.

Charles har inte deltagit i samtalet utan ägnat sig åt att försöka hitta någon vid de två institutionerna. Han använder sig av den lokala polisstationens telefoner. Han lägger märke till en namnskylt precis vid entrén. *Kommissarie John Skoglund, Mordroteln* står det att läsa på skylten. Den avviker från alla de andra namnskyltarna genom att den glänser som om någon polerat den, och så är den dubbelt så stor som övriga namnskyltar. Typiskt John, tänker Charles med ett leende. Stolt och angelägen om att framhäva sig.

Det är lugnt i Lund under sommarmånaderna. Ingenting händer. Det verkar som om allt gått i stå. Det ligger en loj väntan i luften – kanske kommer något att hända, kanske inte. Troligen inte. På polisstationen, råder ett ovanligt lugn. Semestrar gör att stationen är sparsamt bemannad, och Charles slår sig i slang med jourhavande när han ändå är där. Det enda han får veta som avviker ifrån se-

225

mesterstiltjen, är att man hittat en död kropp för en vecka sedan vid utgrävningarna i Uppåkra. Det handlar om ett förhållandevis nytt lik – alltså inte något fynd från forntiden – som kan ha legat i jorden ungefär tio år. Liket har skador som indikerar att personen mördats. En nyutexaminerad polis har fått i uppdrag att påbörja en inventering av anmälda försvunna personer i Skåne mellan åren 1980-1990 för att om möjligt kunna identifiera den döda. För närvarande bevaras kroppen i det kylda bårhuset i väntan på att en regelrätt utredning kan påbörjas, något som inte kan ske förrän mordkommissarien återvänder från sin exil i Sjuhäradsbygden.

Charles har ordnat med ett besök på teologiska institutionen strax efter lunch. Arkeologiska institutionen har sommarstängt och hänvisar till amanuensen som flyttat sin mottagning till utgrävningarna i Uppåkra, så Catrin får i första hand besöka teologiska institutionen, där professor Tingstedt tar emot med ett välkomnande leende.

"Jodå, Jörgen Fredrikson glömmer vi aldrig." säger han. " En säregen person med ett stort intellekt och en begåvning av stora mått. Hade han bara accepterat institutionens tidsregler och disciplin så hade hans uppsats säkerligen blivit väl mottagen. Han var definitivt något på spåret."

Professorn förklarar vad spåret skulle kunna innebära, nämligen en ändring av den kyrkliga tidshistorian.

"Hade Fredriksson bara gett sin uppsats mer tid så hade han kanske kunnat hitta svaret", fortsätter Tingstedt, "men han sökte nya vägar. Hade han satsat på teologin så kunde han ha gått hur långt som helst. Jag lyssnade på några föreläsningar han höll och jag besökte även den religiösa föreningen som han tillhörde. Vilken talare! Han fullkomligt trollband publiken. Hade han satsat på prästyrket kunde han kanske till och med ha blivit biskop eller rent av nått ännu högre. Men som sagt, han lämnade oss och sin ofullständiga uppsats, sa adjö och försvann."

Det gör Catrin också, tackar för sig och lämnar institutionen efter att ha fått den information hon sökte.

"John sa bestämt att jag skulle besöka utgrävningarna i Uppåkra." säger hon till Charles när de satt sig i bilen igen. "Jag förstod inte varför, men nu tycker jag att det finns skäl att besöka amanuensen som tydligen har sin mottagning där. Har du tid att följa med?"

Det har Charles. Tid att följa med.

Det tar tjugo minuter att hitta fram. Utgrävningsplatsen ligger lite upphöjt på den Lundensiska slätten, som annars ligger platt som en pannkaka. Bredvid utgrävningsfältet ligger en kyrka som en påminnelse om att här är platsen där Ansgar en gång övernattade. Men det är nog en sanning som kan ifrågasättas säger amanuensen när de träffar honom. Han känner inte Fredriksson personligen men har hört talas om honom.

"Han jobbade visst med utgrävningar någon sommar eller kanske ett halvår någon gång vid mitten av åttiotalet, men det är tyvärr allt jag kan säga om Fredriksson." säger amanuensen beklagande.

Charles vill se platsen där det nyligen funna liket hittats. Amanuensen tar sig tid att visa dem dit. De går försiktigt vid sidan av de ställen där studenterna sitter och gräver i marken. Lite avsides och i en svag sänka syns avspärrningen där man hittat den döda kroppen.

"Det var jag som hittade liket i förra veckan." säger amanuensen. "Det här området är egentligen inte intressant ur arkeologisk synvinkel, men jag har en ny liten minigrävare som jag ville testa. Det var då jag fann kroppsdelarna. Jag såg genast att delarna var färska, alltså inte tusen år gamla. Polisen från Malmö kom. De grävde, dokumenterade och spärrade av platsen. Liket hade klädrester på sig och tydligen någon form av identifikation, som dessvärre var svår att tyda, på kroppen. Kroppen låg på en och en halv meters djup och graven var spadgrävd. Polisen som ledde utgrävningen sa att det blir Lundapolisen som får handlägga ärendet."

Charles kastar en blick på sitt armbandsur och konstaterar att han måste åka tillbaka till Malmö, men han kan köra sin käresta till bussen först. Men Catrin tar inte bussen, utan vinkar till sig en taxi.

När hon kommer hem, sätter hon sig vid sin ordbehandlare för att sammanfatta dagens intryck. Det blir en omfattande text, men när hon läser vad hon skrivit ser hon ett samband.

"Ja jävlar!" säger hon nöjd för sig själv. "Nu blir John glad."

Och inom sig tackar hon både John och Ankarberg som låtit henne komma tillbaka i tjänst. Hon tackar sin lyckliga stjärna för att John skickat henne till Lund och undrar i sitt stilla sinne om han anat vad hon skulle få veta och ville låta henne få äran. Kan det ha varit hans machosätt att visa generositet, frågar hon sig men lär knappast få något svar.

Hon hör Charles komma hem, hör honom stöka i köket. Champagne *Gula änkan*, immande kall från kylen, står färdig att serveras, och en stor svensk hummer ligger uppskuren på skärbrädan. Ingenting annat. Med denna man vill jag ha ett barn till, tänker Catrin.

"Skulle det vara möjligt?" frågar hon sin man som inte begriper vad hon menar men ändå nickar instämmande.

Kapitel trettionio

Komradion i Saaben blinkar till och John svarar.

"Kommissarie John Skoglund här", svarar han.

"Vakthavande i Borås här. Är du kvar vid frikyrkan de levande eller vad den nu heter?" frågar Per, som pryar på vakthavandetjänsten.

"Yes", säger John.

"Min handledare sitter bakom mig och ser till att allt jag gör blir rätt." förtydligar Per.

"Bra", svarar John.

"Det kom ett samtal ifrån nittiotusen som kopplades över till mig. En Veronica från Svansjö säteri berättar uprivet att de hittat hennes man, greven av någonting, död. Skjuten i huvudet av en hagelbössa. Det var säteriets förvaltare som hittade kroppen vid en skogsstig. Stendöd. Kroppen var alldeles kall. Vi vill att du tar dig an detta ärende eftersom du är den du är och tidigare har varit på säteriet. Kan jag få din bekräftelse?" frågar vakthavande Per.

John behöver inte tänka efter. Han är luttrad, vet att han är rätt person för uppdraget. Han är redan så indragen i händelserna i Sjuhäradsbygden att det bara är att fortsätta utredningsarbetet. Frikyrka, demonstrationer och skelettdelar. Döda, försvunna och förvirrade personer. Allt på en gång i en bygd där ingenting utöver det vardagliga vanligtvis händer. När nu allt inträffar på samma gång måste det ofrånkomligen finnas ett samband, tänker han. Det kan inte bara vara tillfälligheter.

"Jag kör dit på direkten. Ring rättsläkaren och kommendera vederbörande att omedelbart ge sig dit också. Du får också skicka en patrull som säkrar platsen." svarar han och avslutar samtalet.

Rättsläkaren och polispatrullen kommer samtidigt som John och börjar genast säkra brottsplatsen.

Väl på plats på Svansjö säteris gårdsplan träffar John på en förtvivlad Veronica och en äldre man som presenterar sig som säteriets förvaltare.

"Det är jag som sköter om den dagliga skötseln av säteriet", påpekar mannen och hälsar på John med ett fast handslag.

"Mitt namn är Olof Engberg och jag är säteriets verkställande person." presenterar han sig.

"Ni är kommissarie Skoglund om jag förstår saken rätt", fortsätter den storvuxne och bredaxlade förvaltaren.

John ser sig omkring, söker efter den stora hunden han minns från förra besöket på säteriet. Förvaltaren tolkar hans sökande blick och säger leende att hunden är en gammal trotjänare.

"Buck hette den, och när den dog för si så där tio år sedan ville den äldre greve Rutger stoppa upp den och ha den liggandes utomhus. Alltid skrämmer den bort någon."

John nickar instämmande och bryr sig inte om att rätta förvaltaren – hunden han oroade sig för var den högst levande rottweilern som Veronica haft vid sin sida när Catrin och han besökte säteriet.

"Hur var greven igår? Var det något som inte var som vanligt?" frågar John.

"När han kom hem igår var han faktiskt onormalt stressad. Han trummade med fingrarna oavbrutet hela tiden och gick av och an här ute på gårdsplan med något vilt i blicken. Det var inte likt honom, så jag frågade om någonting hänt. Han nickade men fräste åt mig, ganska ohövligt faktiskt, att jag inte hade med det att göra. Någonting mellan honom och Jehovas Vittne, muttrade han. Ja, han kallade Jörgen Fredrikssons kyrka i Skogsgläntan så, men det är inte vad den kallas vad jag har hört i alla fall. När du och din kollega åkt härifrån igår gick greven ut och försökte prata med dem som blockerade infartsvägen. Han tog sin grova hagelbössa med sig. Jag hade anmält vildsvinsskador lite längre in i skogen till godskontoret, och han brukar skjuta kultingarna med hagelbössan. Jag såg att han gick mot demonstranterna", säger Engberg och fortsätter: "Det kom till en häftig ordväxling, och den ena av kvinnorna – hon som är lite mullig – försvann in i skogen. De två som stod kvar blev hämtade av poliserna och körda därifrån. Jag såg allt från verandan."

"Hm", säger John med rynkad panna. "Följ med mig upp till brottsplatsen."

På väg till platsen, där man påträffat greven död, förhör John sig om hur relationen mellan greven och hans sambo Veronica varit. Förvaltaren svarar oväntat öppet att han från början varit övertygad om att Veronica var en dagslända. Någon som greven hämtat hem för att ha som ett vackert smycke att visa upp.

"Men nu har de varit tillsammans över ett år och hon har nog bott in sig." säger han. "Greven har till och med kostat på henne en liten verkstad där hon tillverkar smycken och en egen hudkräm. Han sa så sent som förra veckan att de planerar att gifta sig till vintern och bad mig göra i ordning den antika hästdragna släden. Till nyår skulle nog bröllopet äga rum."

När de kommer fram till brottsplatsen är rättsläkaren redan där. Han är tydlig i sin första utsaga om dödsorsak:

"Någon har avfyrat dubbelpipan med de grova haglen rakt i ansiktet på greven. Avståndet mellan grevens ansikte och den som hållit bössan är mindre än någon meter. Lite långsökt vore det om greven själv avfyrade. Dessutom finns ingen hagelbössa på brottsplatsen. Det är inte realistiskt att greven skjutit sig själv och sedan gömt bössan."

Ett torrt skratt, rättsläkaren harklar sig och fortsätter:

"Därför rubricerar jag det som mord. Jag kan inte göra mer här på platsen. Vill kommissarien själv göra en besiktning?"

John skakar på huvudet. Han behöver inte fördröja det hela utan godkänner att kroppen forslas iväg, men han beordrar de båda poliserna att genomföra en sökning efter bössan. Avspärrningen vill han ska kvarstå ytterligare en vecka.

Inne på gårdskontoret drar han och förvaltaren sig tillbaka för ett samtal. Sådana samtal är guld värda för John. Engberg tillhör den gamla generationen av godsförvaltare, oerhört korrekt men pratglad, så han får mycket värdefull information genom att bara låta förvaltaren prata på.

På väggen hänger ett flygfoto över trakten. Skoglund läser: Skene, Björketorp, Öresjön, Horred, Torestorp och Öxabäck. Området Nabben är gulmarkerat medan Öxabäck och Björketorp är grönmarkerat. Förvaltaren förklarar att det är det gula området som ska kalhuggas omgående och sprängning påbörjas för en planerad daggruva. Miljölagen följs till hundra procent enligt länsstyrelsen på detta sätt.

"Jag som privatperson reagerar", säger förvaltaren, "men som anställd ser jag hur mycket jobb det skapar, och intäkterna som landar lokalt är mäktiga. Jag måste säga att jag är lite ambivalent. Om tjugo år är kalhygget visserligen återställt med ny natur, men det dröjer ungefär sjuttio år tills skogen vuxit upp igen. Återställda kalhyggen brukar vara en miljötillgång men samtidigt försvinner mycket gammal skog. En fördel i en sådan här bygd som är översvämmad av fornfynd är, att det förenklar arkeologiska utgrävningar när skogen är borta. Det är som sagt tveeggat med dessa kalhyggen ..."

Engberg tystnar och John väntar tålmodigt på vad han kan ha mer att berätta. Så tar förvaltaren till orda igen:

"Den där Fredriksson som ni letar efter har ju jobbat som arkeolog innan hans kyrka grundades. Han gick omkring i bygden och var särskilt intresserad av Nabben, den där landtungan som sticker ut i Öresjöns norra del alldeles nedanför Seatons kulle."

Han pekar på området på kartan på väggen, sätter sig ner igen och fortsätter:

"Han hade visst någon slags forskningsuppdrag, så under ett par år tillbringade han mycket tid på området omkring Nabben. Folk såg honom krypa omkring i snåren, och någon hade sett honom försvinna som om han hittat en håla eller grotta där. Så otillgängligt som det är där med allt sly och taggbuskar har väl ingen brytt sig om att ta sig dit, men Fredriksson var tydligen särskilt intresserad av att se om det kunde finnas någon grotta bakom snåren. Det sägs att han hade tagit med sig sjuarmade ljusstakar dit, så då hade han väl hittat något utrymme att ställa dem i. Inte för att det rör sig så mycket folk i området, men de som varit där blev förstås nyfikna på honom som betedde sig så märkligt. Och att det finns hålor i området vet alla, fast ingen har varit intresserad av att undersöka dem närmare förut."

John kastar en blick på klockan på väggen, är på väg att resa sig upp för att gå när förvaltaren ber honom sätta sig ner igen.

"Det finns faktiskt en del som folk, inklusive mig, har undrat över. Att Fredriksson och greven såg ut att komma väl överens var kanske inte så konstigt – högdjuret och forskaren." säger Engberg, skrattar menande och fortsätter:

"Det hände förresten något jag har grunnat på … jag tror det var en kväll, jo nu minns jag! Den 26 mars 1986, jag skrev upp det eftersom jag tyckte det var konstigt på något sätt. Då mötte vi Fredriksson och en kvinna, som han presenterade som Maria. Vi stannade och pratade med dem – vi var ute på en kvällsrunda med hunden – och de såg så kärvänliga ut, höll i hand och så. Min fru försökte prata barn med den där Maria, som var höggravid, hon skulle nog föda vilken dag som helst. Men Maria svarade undanglidande, sa att hon inte mådde bra. Då tog Fredriksson över samtalet, vi pratade väl lite väder och vind som man gör när man träffas. Men vad jag har undrat över är vad som hände med kvinnan. Efter den dagen har ingen

236

sett vare sig henne eller någon baby. Barnet måste ju ha fötts ganska snart efter den kvällen, tänker jag. Tyvärr är min fru död sedan några år tillbaka. Hon hade kanske kunnat berätta mer."

"Vad tror du hände med Maria?" frågar John.

"Ingen aning, men visst är det konstigt. Min fru jobbade på distriktssköterskemottagningen i Öxabäck då, och hon sa till mig att det inte fanns någon blivande mamma registrerad vid den tiden. Men visst, det finns ingen som tvingar en kvinna att anmäla sin graviditet. Vi tyckte ändå att det verkade skumt", säger förvaltaren.

"Stort tack för informationen. Jag återkommer säkerligen och jag beklagar sorgen efter er bortgångne vän och arbetsgivare." säger John och lämnar gårdskontoret.

På väg tillbaka till Torestorp anropar han centralen i Borås.

"Notera följande: Jag öppnar härmed en mordutredning avseende greve Rutger af Silfverberg och en riksefterlysning av Gunilla Marklund och Jörgen Fredriksson. Grevens hagelgevär är på villovägar. Kolla upp i registret vilken kaliber geväret har. Gunilla Marklund kan vara beväpnad med detta hagelgevär. Iakttag stor försiktighet om de påträffas. Alla iakttagelser ska omgående rapporteras till mig. Klart slut."

"Klart slut", lyder svaret från Borås.

Jörgen Fredriksson försvunnen och greve af Silfverberg skjuten efter att de mötts på stranden nedanför Seatons kulle.

"Vad är det som händer i denna lilla gudsförgätna landsortsbygd där ingenting händer?" muttrar John för sig själv, sätter sig i bilen och styr mot Röllese och en förhoppningsvis lugn kväll. Lugnet före stormen, tänker han med en djup suck.

Kapitel fyrtio

Vilket liv innanför hans öppna sovrumsfönster! Ett helt annat ljud än den enerverande fågelsången hemma i Bjärred tidiga morgnar, och då kommer ljudet utifrån. Det är ett enerverande störande oljud. Här hjälper det inte med att hojta till. John viftar frenetiskt för att jag bort de irriterande flugorna, som närgånget attackerar honom från alla håll. Han viftar och viftar men lyckas inte träffa någon av dem. Och som om det inte var nog – hans ansikte är rödsvullet och armen likaså. Myggbett. Ingen myggolja finns i närheten. En blick på klockan säger honom att det är alldeles för tidigt för att gå upp. Halv fem och redan ljust ute. Flygfäna tycks inte bry sig om det är natt eller dag.

"Fan också! Jag har glömt sätta in myggfönstret och lämnat fritt fram för marodörerna", muttrar han och svär över att han glömt Catrins råd att inte sova för öppet fönster utan myggnät.

Det är fredag och Catrin ska komma tillbaka i eftermiddag från utflykten till Lund och Biskopsgården. Klockan närmar sig sju, och han bestämmer sig för att köra upp till Skogsgläntan och försöka få tag på Judith och Sara.

"Skogsgläntan är en fristående kyrka med egen församling." berättar Judith, som gärna informerar kommissarien om Den Levande Trons verksamhet.

"Vårt syfte är att missionera och förklara bibeln." fortsätter hon. "Pastor Johannes är Jesu ställföreträdare på jorden, och han vet hur alla irrläror ska bekämpas. Vi samarbetar med några andra frikyrkor, men vi tillhör inte vare sig Pingstkyrkan, Jehovas Vittne eller någon annan liknande kyrka. Vi tar avstånd ifrån all statlig inblandning i religionsutövandet. Statskyrkan har övergivit den sanna tron och har blivit alltmer kapitaliserad och byråkratiserad. Se bara hur det ser ut här hos oss i vår lilla ort! Kyrkan säljer av värdefull skog till säteriet bara för att få in kapital. Vi får inga bidrag från stat eller kyrka utan lever på det vi kan sälja av skogens bär och svamp. Grönsaker och frukt odlar vi själva här på gården, och alla medlemmar lämnar sina jordiska ägodelar till församlingen. Eftersom Den Levande Tron sörjer för dem som hör till församlingen när det gäller mat och boende, behöver man ingenting annat. Köket är kollektivt, det vill säga att alla jobbar i köket i olika skift med matlagning och allt annat som behöver göras i ett kök. Vi kallar våra församlingsmedlemmar för lärjungar, och en del av dem arbetar utanför församlingen. Sina inkomster skänker de i stort sett helt och hållet till vår kyrka. Idag har vi tjugoåtta fullvärdiga lärjungar och sex som är här på prov och ännu inte bestämt sig. Dessutom samarbetar vi med några ungdomshem för barn på glid."

Judith pekar på två unga pojkar i sextonårsåldern.

"De har valt att komma till oss och arbeta under sommaren. Här har de en egen plats, blir sedda och får kärlek och gemenskap. Du får gärna prata med dem om du vill. Så här dags äter vi frukost tillsammans, men först samlas vi för en gemensam bönestund. Kommissarien är välkommen att delta och sedan också dela vår frukost", säger Judith

"Tack, det gör jag gärna. Jag har inte ätit något ännu i dag, så jag är hungrig", säger John och hans tankar går direkt till ägg- och baconfrukost med stekt potatis, svamp och nygräddade frukostbullar.

Han sätter sig vid långbordet på gårdsplanen. Det är dekorerat med en fräsch blomsteruppsättning av ängsblommor och dukat för frukost. Medan morgonbönen pågår ser han sig omkring. Det där med Jesus Kristus intresserar honom inte speciellt när han är ute på tjänsteuppdrag. Jesus får han klara av vid senare tillfälle. Han noterar att den stora tomten är välskött. Inget ogräs, gräsmattan klippt, kanterna mellan gräsmattan och rabatterna snyggt skurna och rabatter med blommor han inte vet namnet på men ändå kan uppskatta åsynen av. Vad han kan se av husen verkar de slitna men ändå väl omhändertagna.

Ett stort träkors är uppställt strax framför stora ingången. Ett annorlunda kors. En relativt rak björkstam bildar stativet medan en lite krokig furugren ligger tvärsöver björkstammen och så blir korset till. Mitt på korset hänger ett foto i en ram föreställande Jesus Kristus men John tycker det är snarlikt pastor Johannes. Judith säger att så här såg det första kristna korset ut som kom till denna bygd och det var långt före munken Ansgars ankomst, flera hundra år tidigare. Längre bort syns ett litet kors som är rest på gräsmattan.

"Hur vet du hur det första korset såg ut?" frågar John

"Pastor Johannes har fått en uppenbarelse ifrån Jesus Kristus. Han beskriver sitt möte med frälsaren på ett synnerligen konkret sätt. Det finns en plats inte långt härifrån där mötet ägde rum och som pastorn beskriver i detalj. Platsen är helig och vi kommer att bygga en katedral där mötet ägde rum ", förklarar Sara.

"Vet du var denna plats är?" frågar John nyfiket.

"Inte exakt men jag vet att han tar roddbåten, den som ligger nere i strandkanten vid Seatons kulle, och ror rakt över sundet. Där någonstans ägde uppenbarelsen rum", svarar Judith

John tar besviket en sked av gröten han lagt upp på sin tallrik. Lingon och äppelmos blandas. Ingen ägg- och baconfrukost här heller. Han äter medan han ställer nästa fråga.

"Vet ni var pastor Johannes är nu?" frågar John så att alla hör.

"Ja, han har stämt träff med greven för att prata om att avverkningen ska inhiberas eller skjutas upp. Pastor Johannes har berättat för honom att Jesus är med honom. När greven inser det ändrar han sig säkert. Pastorn skulle vara tillbaka igår, men han kommer nog under dagen", säger Sara. "Dessutom ska greven ge församlingen ett bidrag på ett sexsiffrigt belopp som en delbetalning till katedralen."

"Brukar han vara borta så här länge utan att säga när han kommer tillbaka?"

"Pastor Johannes är normalt som en tidtabell. Man kan nästan ställa klockan efter honom. Jag tror att detta är första gången han är sen."

"Tack för samtalet och frukosten", säger John och beger sig iväg.

Det blinkar på bilens komradio. Han kontaktar vakthavande i Borås.

Det ligger ett meddelande från centralen i Borås att polisinspektör Mendez kommer först på lördag vid lunch beroende på att det inte finns några passande kommunikationer. Tågen lär vara inställda tills vidare på grund av elfel någonstans på linjen. Det saknas också lediga tjänstebilar att låna ut till henne. Imorgon bitti har Charles fixat en målad bil som hon kan använda ett par dagar. Catrin Mendez skriver vidare att hon har mycket att berätta och att hon eventuellt ser en möjlig lösning på mordet av kvinnan och spädbarnet.

"Klart slut", säger John när meddelandet lästs upp för honom.

"Klart slut", svarar den anonyma rösten på andra sidan linjen.

Det ser ut att bli en lugn eftermiddag för John. Han gör en sammanfattning av händelserna, tänker, ritar och skissar upp olika scenarier. Han gör en lista över eventuellt misstänkta personer och vilka motiv de skulle kunna ha haft till dåden. Allt med fokus på att hitta pastor Johannes alias Jörgen Fredriksson och Gunilla Marklund.

Han ringer till förvaltaren på Svansjö säteri, ställer en fråga och får ett positivt svar.

Kapitel fyrtioett

Den gröna Range Rovern stannar till strax bakom Johns Saab 9000. Båda förarna kliver ur, går varandra till mötes och hälsar med ett fast handslag.

"Kliv in i min bil." säger förvaltare Engberg när han möts av Johns breda leende.

"Den tar sig bättre fram i lervällingen nere vid sjön."

John nickar och kliver in på passagerarsidan. Förvaltaren kör på en liten traktorstig som går parallellt med Seatons kulle för att sedan stanna till nere vid sjökanten.

"Precis här brukar det ligga en liten eka, en båt som är till för alla och som till exempel kan användas för att ro tvärs över sundet till Nabben. Nabben är femtio årtag härifrån", säger förvaltaren och pekar på den lilla landtungan som sticker ut på andra sidan i sjön.

Han pekar vidare på en skylt där det knappt läsbart står att båten får användas på egen risk, och att den efter användandet ska läggas tillbaka där den togs.

John konstaterar att det inte finns någon båt på platsen förvaltaren pekar på. Engberg tar fram sin kikare, riktar den mot motsatta stranden och pekar.

"Där ligger ekan."

John kisar och upptäcker den.

"Jag ser den, och om det är som jag tror så var det pastorn som rodde över den, men han kom aldrig tillbaka hit. Judith från Den Levande Tron påstod att hon sett honom i kikaren när hon lämnat av honom uppe på Seatons kulle. Hon såg bestämt att han rodde över till andra stranden där han träffade greven, men sedan visste hon inte vart han tog vägen. Det här ska ha hänt i går."

"Låt oss ta bilen och köra runt." föreslår förvaltaren. "Jag känner väl till trakten, skogen, alla stigar och allt annat också. Kom, nu kör vi!"

Sagt och gjort. Det tar tjugo minuter att köra runt och ställa bilen inom gångavstånd från ekan.

"Nu är vi på Nabben som är en otillgänglig del av säteriets skogsmark. Vi befinner oss nu på gammal mark. Här har många hobbyarkeologer varit och grävt. Därför välkomnade vi – alltså vi som bor här – Jörgen Fredriksson när han fick uppdraget att undersöka området så att man i bästa fall skulle kunna avfärda alla rykten om att det skulle ha funnits uråldriga bosättningar här. Marken är svårtillgänglig, något som skulle hänga ihop med sägnen som säger att marken är helig. Sägnen säger vidare att området bevakas av örnen. Så länge örnen finns här så får marken inte vanvördas", berättar han.

Medan han berättar pekar han på den stora fågeln som sitter i kronan på ett träd som växer högt upp på en klippa.

"Där har du Nabbens beskyddare. Ortsborna som bor runtomkring vakar över fågeln och dess ägg. Just nu finns det två ungar i boet. Ve den som försöker stjäla ungarna," skrattar han.

"Nabben är som jag sa hart när otillgänglig på grund av tät snårig och taggig vegetation, förrädiska hålor, grottor, klippor och stenar. Alltså näst intill ogenomtränglig. Men vi som bor här har noterat att pastor Johannes har varit här i omgångar och krupit omkring i snåren. Alla undrar vad fan han gör här, men troligen har han hittat en plats – kanske en grotta eller en håla – där han sitter och mediterar. Vi skrattar lite åt honom eftersom han tror att ingen ser honom, men här i trakten kan ingen göra något utan att det sprids på ett eller annat sätt", säger förvaltaren.

John tittar på förvaltaren och ser konfunderad ut.

"Om jag förstår dig rätt, så tror Fredriksson att ingen ser honom när han kryper omkring häruppe."

"Just det, han tror säkert inte att någon sett honom", får John till svar.

"Tack för att du visade mig hit och berättade om Nabben. Nu har jag något att fundera över. Jag ser redan ett möjligt scenario. Vad gör du imorgon eftermiddag eller möjligtvis på söndag? Jag tror jag behöver din hjälp ett par timmar till. Vad det handlar om kan jag inte säga nu, men låt oss ha kontakt imorgon förmiddag så berättar jag mer", säger John när de skiljs åt.

På kvällen upptäcker han att det inte finns någon mat i huset.

"Och jag som är så hungrig." muttrar han och tittar än en gång i kylskåpet.

Tomt så när som ett paket mjölk och några flaskor öl. Han drar sig till minnes att Catrin sagt något om att hon skulle handla, men sedan skickade han i väg henne till Lund. Så dyker ett annat minne upp – visst hade demonstranterna nere vid kyrkan sagt att han gärna fick komma dit någon kväll och äta med dem. Sagt och gjort. Han slänger på sig sin ljusblå sommarjacka och tar bilen ner till byn.

Väl framme vid demonstranternas läger upptäcker han att de lagar mat över öppen eld. Doften som sprider sig över omgivningen är förförisk. Fläskkarré och lammkotletter ser han, och någon har gjort en jätteskål med potatissallad. Det vattnas verkligen i munnen på den uthungrade poliskommissarien.

Demonstranterna verkar ha det trevligt, sjunger, någon spelar gitarr och ölflaskorna töms i rask takt. Han välkomnas och är snart en i gänget runt brasan. Trevliga människor det här, tänker han. Kanske kan han slå två flugor i en smäll denna härliga sommarkväll. Dels få något att äta, dels få mer information omkring de senaste händelserna i byn på ett otvunget och naturligt sätt. Han förklarar vem han är, varför han är där han är och att han inte har några ambitioner att hindra demonstrationen så länge de inhämtat tillstånd att demonstrera. Han antyder till och med att polisen kan behöva deras hjälp nästa dag eller på söndag.

"Vi behöver hitta Gunilla." förklarar han.

Några nickar, och så blir han bjuden på grillat kött och potatissallad. Två flaskor lättöl hinner han också dra i sig. Det smakar riktigt bra. Mätt och belåten tar han bilen tillbaka till Röllese och avslutar kvällen med en stor Besk. Sist av allt kontrollerar han noga att myggfönstret är på plats. Inte en natt till med flygande marodörer, tänker han innan han kryper ner under täcket och somnar utan problem efter en dag med mycket spännande innehåll.

Kapitel fyrtiotvå

D et är lördag och lunchtid när dammet yr runt gårdsplanen när
en taxi kör in på parkeringen framför kyrkan. John är redan
där och väntar otåligt vid sin bil. Med bister min ser han att det är
Catrin som kliver ur taxin.

"Varför i helvete åker du taxi? Har du tagit taxi ända från Lund?"
frågar John.

"Trevligt att träffa dig också! Vad är det för välkomnande av en
hårt arbetande kollega?" snäser hon av honom.

"Skulle inte Charles fixa en transport till dig?"

"Ankarbergs sekreterare tyckte annorlunda. Hon sa helt frankt att
jag skulle ta tåget till Varberg och att en taxi skulle stå och vänta på
mig där. Fakturan går till Ankarberg. Sekreteraren var tydligen rätt
nöjd med att fatta det beslutet. Om hon hade förankrat det hos An-
karberg har jag inte en aning om, men nu är jag i alla fall här."

John skakar på huvudet.

"Den där sekreteraren kommer nog att få sina fiskar varma när
Ankarberg ser fakturan på taxiresan. Men det var faktiskt rätt mo-
digt gjort ..." säger han med ett leende, imponerad av sekreterarens
kreativitet.

Solen gassar, flugor och bromsar söker sig till Johns bara hud, men han har lärt sig av första nattens flygfäattacker i Röllese och smort in sig med myggmedel. För säkerhets skull har han också klätt sig i långarmad skjorta och täckande strumpor. Här göre sig flygande blodsugare inget besvär!

"Vi kör upp till Röllese och summerar våra iakttagelser, intryck och informationer så här långt. Jag tänker passa på att byta om." föreslår Catrin

"Har Jörgen dykt upp förresten?" frågar hon oroligt. "Det har gått alldeles för lång tid för att det ska vara normalt. Det måste ha hänt honom något."

John skakar på huvudet. När det gäller Jörgens försvinnande har han inga nyheter att komma med. Han öppnar kylskåpet så fort de kommit in i köket och tar fram en kall öl att avnjuta medan Catrin duschar.

"Sådär ja", säger hon nöjd med en handduk om det våta håret efter en uppfriskande dusch och ombyte till fräscha kläder. "Nu känner jag mig som människa igen."

De slår sig ner i vardagsrumssoffan och John tar till orda. Han berättar om greven, om Gunilla, om förvaltaren och om deras gemensamma utflykt till Nabben, att greven är död och att Gunilla och Jörgen är efterlysta. De är helt enkelt spårlöst försvunna. Han upplyser henne också om att han planerar skallgång ute på Nabben. John antyder att det är där lösningen finns. Varför vet han inte, men hans magkänsla säger honom att det måste vara så, och den känslan brukar aldrig – eller åtminstone nästan aldrig – vara fel.

Catrin öppnar dörren ut till trädgården och vinkar till John att följa med henne ner till syrenbersån. Hon börjar summera sitt uppdrag.

"Klas Reimers, biskopens pressekreterare, är den person som gav mig en öppnande dörr in till lösningen av vårt fall. Klas var aktiv i en bibelförening som hette Det Slutna Sällskapet eller någonting åt det hållet. Det var en liten förening där en Kristian Pistol var den ledande personen. Han hade i sin stab tre tjejer, snygga som fasiken enligt Klas. Föreningen var nog inte speciellt seriös eftersom den var lundensisk, snarare studentikos. Den lär ändå ha vilat på religiös bas. Klas var med men inte speciellt aktiv. Kristian och tjejerna hängde ihop. Jag tror att Kristian stod de tre kvinnorna närmare än vad de övriga i föreningen insåg. Så kom Jörgen Fredriksson med i gruppen. Han trollband dem med sina föreläsningar som mer var predikningar än föreläsningar. Lite i taget blev det så att de tre tjejerna drogs till Fredriksson och mer eller mindre lämnade Kristian därhän. Det gick så långt att Jörgen helt sonika en dag tog över det informella ledarskapet och döpte om föreningen till Den Levande Tron. Klas lämnade föreningen i protest och detsamma gjorde alla andra förutom de tre tjejerna som fick nya namn. Anna-Karin Ljung döptes till Maria. Lena och Kristin fick också nya namn. Han hade för sig att de började kalla sig Sara och Judith men kunde inte svära på det. Men Maria, henne mindes han väl, speciellt eftersom han tyckte att hon såg ut som Raquel Welsh. Du vet det så kallade bombnedslaget, sexbomben på sjuttio- och åttiotalen. Sedan försvann Pistol och syntes aldrig mer till. Från en dag till en annan. Klas tyckte det var konstigt eftersom Kristian var en social typ som alltid ville vara med på alla möten och så."

Catrin frågar John om han möjligtvis vill ha något mer att släcka törsten med. Onödig fråga. John säger aldrig nej till ännu en öl, vilken tid det än är på dygnet. Så han hämtar villigt ett par av de flaskor som han kvällen innan konstaterat gjorde mjölken sällskap i kylskåpet. Så fortsätter hon sin redogörelse för mötet med Klas Reimers.

"Jörgen jobbade några gånger nere i arkivet på Biskopsgården. Det var i och för sig före Klas tid, men det berättades om honom ibland. Jörgen uppfattades som korrekt men var något av en enstöring och lite mystisk. Men när han pratade så lyssnade alla, även biskopen. Det var hans intresse för religionshistoria som drivit honom ut till utgrävningarna i Uppåkra."

Flugorna visar ingen pardon, de attackerar såväl John som Catrin som irriterat viftar bort dem så gott hon kan.

"Om du inte vet vad Uppåkra är för något", säger Catrin förklarande till sin kollega, "så är det närmast att jämföra med Gotlands forntidsfält. Ett eldorado för arkeologer."

Hon kastar en blick på John som för att försäkra sig om att han inte somnat under hennes långa monolog, men hon behöver inte bekymra sig. Han sitter på helspänn och lyssnar ivrigt, så hon fortsätter sin redogörelse:

"Efter besöket hos Reimers körde Charles mig till teologiska institutionen och professor Tingstedt. Han förklarade att Jörgen aldrig avslutade sin doktorsavhandling. Professorn rekommenderade mig att åka ut till Uppåkra, så vi for vidare dit. Där träffade vi på en amanuens som berättade att Jörgen hade deltagit i utgrävningarna. Han var ju arkeologistuderande. Av den anledningen hade han fritt frampå fälten. Det var där ute på ett av fälten, som låg lite avsides, som liket efter Kristian Pistol hittades nere i en sänka."

"Ursäkta mig, men Charles? Vad har han med detta att göra", avbryter John henne nyfiket.

"Egentligen ingen mer än som sällskap och chaufför", svarar Catrin med ett glatt leende och fortsätter:

"Jag tror inte att alla dessa incidenter är tillfälligheter. Vi har ett mönster. Jörgen Fredriksson är en psykopatisk mördare och en vansinnig predikare, två personligheter i en och samma kropp. En livsfarlig kombination – en person med allvarlig psykisk störning och en annan personlighet som inte skyr att döda för att nå sitt religiösa mål. Kanske finner en lust i att döda och gör det i religionens namn, en fanatiker. En person som medvetet bygger hinder bara för att få njuta av att döda."

Kapitel fyrtiotre

Inger står framför en grupp miljödemonstranter tillsammans med Sara och Judith från Den Levande Tron och tar till orda.

"Först och främst vill jag säga att jag självklart är berörd av mordet på greve Rutger af Silfverberg. Även om vi är motståndare till kalhygget och gruvorna önskar vi inte livet ur någon, och jag förstår att det måste ha varit en stor chock för hans närmaste att få besked om att någon tagit hans liv och det på ett så grymt sätt. Jag är säker på att ni andra känner som jag", säger hon.

De övriga miljöaktivisterna instämmer.

"Tack till er alla för ert deltagande i vår sorg. Stort tack", säger förvaltaren.

Catrin Mendez vänder blicken mot dem som samlats framför kyrkan.

"Idag, söndag förmiddag, har vi ett brådskande ärende som vi behöver er hjälp med." säger hon och fortsätter:

"Kommissarien har sagt att ni är villiga att hjälpa oss ett par timmar under dagen. Dagens uppdrag blir att genomsöka skogsområdet som kallas för Nabben. Vi söker efter tecken på något ovanligt. Det kan vara en eller två kroppar som ligger gömda. Vi söker efter Gunilla Marklund och Jörgen Fredriksson alias pastor Johannes, som varit försvunna mer än ett dygn nu. De kan vara döda eller skadade. Jag har fått veta att det finns grottor och hålor i de svårgenomträngliga buskagen, så det är viktigt att ni använder all fantasi och letar också där det vid en första anblick ser omöjligt ut att någon kan vara."

Hälften av demonstranterna meddelar att de inte ville hjälpa polisen. Skälet är att de misstror polismyndigheten och tror att det kan vara ett trix för att lura bort dem från området. Catrin accepterar deras inställning och börjar ge de övriga detaljerade instruktioner om hur sökandet ska gå till:

"Området är inte stort men med svårgenomtränglig terräng. Men ni har rätt klädsel – grova skor, handskar och motståndskraftiga överdragskläder." säger hon gillande.

"Till vår hjälp har vi fyra poliser och en hundförare. Hunden som kommer att släppas loss för att söka heter Stig. Stigs huvuduppdrag är att söka efter Gunilla. Han har fått hennes doft i sin nos. Efter avslutat uppdrag bjuder säteriet in alla deltagare på en fältlunch som dukas upp här på denna plats. Sara och Judith från Den Levande Tron tillagar en läcker älggryta med alla tillbehör, inklusive nyplockade kantareller. Dessutom tillhandahåller Svansjö säteri öl och snaps." avslutar hon informationen och lämnar över ordet till John.

"När vi kommer fram delas vi in i fyra grupper under ledning av en polis för varje grupp. Gruppledaren ger närmare instruktioner på plats. Vi har åtta bilar till vårt förfogande. Ta plats i någon av dem så kör vi iväg. Jag räknar med att uppdraget kommer att ta en tre-fyra timmar. Några frågor?" säger John och pekar på den uppsatta kartan och sedan på de fyra bilarna.

Efter den noggranna informationen tycks frågor vara överflödiga, men förvaltaren förtydligar att naturvårdsvärden måste respekteras och då speciellt den stora örnens bo.

Sökandet börjar. John och Catrin står nere på strandkanten där ekan ligger förtöjd. Deras blickar fastnar på avspärrningsbanden som fladdrar i vinden på andra sidan viken.

"Där låg Maria och hennes son begravda. Ingen visste om att de låg där, ingen förutom den galne pastorn," säger John, "och eftersom Maria inte var folkbokförd här och inte heller hade haft någon kontakt med mödravården, var det ingen som kände till vare sig hennes eller barnets existens. Att man kan leva så anonymt i vårt moderna samhälle."

Han skakar på huvudet åt det otroliga att någon så kan hamna utanför all registrering i alla myndigheter.

"Men tack vare stiftets pressekreterare, den hjälpsamme Klas Reimers, har vi fått fram så mycket information att vi nu vet mer om Jörgen Fredrikssons bakgrund. Vi vet också de riktiga namnen på Maria, Judith och Sara."

Det knastrar till i komradion, och de får ett meddelande om att polishunden Stig markerar vittring efter ett spår, hunden som har fokus på att spåra efter Gunilla. De tittar på varandra. Det knastrar till igen.

"Hunden markerar att något hittats", hörs polisaspirant Agnetas röst.

I bakgrunden hör de hur Stig ivrigt skäller och gläfser. Komradion är aktiv och de hör hur Agneta kommenderar 'Ligg! Ligg!' Hunden fortsätter skälla.

"Bra Stig", hörs hundföraren säga.

"Den eftersökta kvinnan är upphittad och bojad. Hagelbössan, som hon har med sig, saknar patroner och är alltså säkrad. Kvinnan har vid en första visitation varken ammunition, knivar eller andra vapen på sig", säger en upphetsad Agneta.

"Bra jobbat", säger Catrin.

"Bra praktik för kommande uppdrag", konstaterar John.

Catrin för syn på förvaltaren som står en bit därifrån och tecknar åt dem att de ska komma till platsen där han står.

"Jag känner terrängen här väl. Jag gissade att det var den här stigen som Fredriksson använde sig av", säger han och pekar på en knappt synbar stig in mot en stor svart klippformation.

"Där finns en grotta." fortsätter han. "Jag kände faktiskt inte till den förrän jag råkade upptäcka den nu. Grottöppningen är dold av en stor sten som jag – inte utan stor möda – rullade bort. Då såg jag att där ligger en kropp, stendöd med skador i huvudet. Jag är hundra på att det är den man ni söker."

Catrin synar Johns väl tilltagna kropp, speciellt hans mage, och konstaterar tyst för sig själv att det vore ett omöjligt företag för honom att försöka ta sig genom de täta snåren bort till grottan.

"Du får inte rum på stigen", säger hon, "så det är bättre att jag följer med förvaltaren och besiktigar platsen. Ge mig ett avspärrningsband."

Hon kommer tillbaka efter en liten stund, uppenbart skakad med svårighet att hålla känslorna i styr.

"Utom allt tvivel kan jag säga att det är Jörgen Fredriksson som ligger inne i grottan. Han har med största säkerhet blivit bragd om livet, skadorna i huvudet talar sitt tydliga språk."

Pastor Johannes ligger i en grotta, omgjord till ett kyrkorum med altare och stora kandelabrar och en liten matta på golvet. Det finns en konstig målning på ena väggen. Det ser nästan ut som om han låtit fantasin flöda och använt smutsiga färger eller en dåligt rengjord pensel.

"Vi får kalla på rättsmedicin så får de besiktiga platsen." säger Catrin när hon hämtat sig från chocken av fyndet av den döde Jörgen.

"Jag har satt upp avspärrningsband, och stenen för ingången är på plats. Vi kommenderar våra polisaspiranter att stanna kvar och vara behjälpliga när rättsmedicin kommer. Det kan ju vara nyttigt för dem i deras utbildning att få uppleva hur verkligheten ter sig när man hittar en mördad person. Liket kan sedan forslas bort så snart rättsmedicin bedömer att de är klara. Du och jag behöver inte vara kvar, John."

John nickar ett okej och tar kontakt via polisbilens komradio med centralen i Borås, förklarar situationen och begär ut rättsmedicin omgående. Han meddelar gruppledarna i skallgångskedjan att avbryta sökandet och samlas på platsen för den gemensamma måltiden och vidare information.

Som poliskommissarie och ledare för utredningen ser John det som sin uppgift att informera Sara och Judith om fyndet av den döde pastor Johannes. De i sin tur samlar församlingsmedlemmarna i templet i Skogsgläntan och inleder en sorgestund för pastorn. Ofattbart att någon velat döda pastorn, är den spontana kommentaren, och många uttrycker oro för hur de ska klara sig utan sin herde.

Församlingen sörjer sin mördade pastor medan miljöaktivisterna äter älggryta med kantareller och dricker öl med varsin snaps därtill.

Kapitel fyrtiofyra

Söndagskvällen ägnas åt att sammanställa alla intryck, indicier och utlåtanden från olika myndigheter och andra instanser. Greven är skjuten, och med stor sannolikhet är Gunilla Marklund skyldig till dådet. Jörgen Fredriksson alias pastor Johannes har hittats ihjälslagen, men någon gärningsman är inte identifierad även om det finns indicier som pekar på greve Rutger af Silfverberg.

Det slutgiltiga utlåtandet från rättsläkaren beträffande skeletten nedanför Seatons kulle är enkelt att förstå. John förklarar hur han tolkar utlåtandet:

"Den vuxna kroppen tillhör en kvinna som har ett uttänjt bäcken vilket indikerar en födsel som skett strax innan hon dog. Dödsorsaken beror på kraftigt övervåld av något tillhygge mot huvudet. Huvudet var till viss del krossat. Kvinnan var förmodligen vid liv då hon begravdes. Den mindre kroppen tillhör en pojke som levde vid födseln men som hade så grava genetiska missbildningar, att han med stor säkerhet inte kunde ha levt speciellt länge. Kanske några dagar eller veckor. Med hjälp av modern fiberteknik finns det indikationer på att pojken kvävdes till döds bara någon dag efter födseln, kanske av att en kudde lades över andningsvägarna. Rättsläkaren skriver med bestämdhet att mord åtminstone föreligger när det gäller kvinnan, och troligen också när det gäller gossebarnet." säger John.

"Maria och hennes nyfödde son", säger Catrin dröjande.

"Vågar vi gissa att det var pastor Johannes som var pappa till barnet?" frågar John.

I nästa ögonblick är det som om han bara vill skjuta de tragiska händelserna ifrån sig. Han lyfter sitt snapsglas fyllt med de sista dropparna ur flaskan Beska Droppar, som han förvarat i Catrins kylskåp i Röllese.

"Men skål tamejfan!", säger han och tömmer glaset.

"Instämmer." säger Catrin med ett leende och skålar med honom men med en iskall Chardonnay i glaset i stället för Beska Droppar.

"Nu är Skoglund och Mendez tillbaks igen", säger hon med en nöjd suck.

På måndagsmorgonen rullar två polisbilar och en Saab in på gårdsplanen framför Den Levande Trons tempel med påslagna blåljus. Kaos och panik uppstår, men John samlar alla runt frukostbordet, lugnar dem och förklarar att de inte behöver vara rädda. Husrannsakan påbörjas. Polisens uppgift är endast att samla in material för kommande utredning om pastor Johannes förehavande innan han dog. Medan Catrin leder husrannsakan sätter sig John ned tillsammans med Sara och Judith.

"Det finns misstankar om att ni har skyddat en brottsling, nämligen Jörgen Fredriksson alias pastor Johannes." säger John. "Jag kommer att förhöra er och om jag inte får de svaren jag väntar mig att ni kan ge mig, kommer jag att begära att ni blir tagna i förvar de kommande fyrtioåtta timmarna. Därefter blir ni sannolikt häktade och en åklagare förbereder ett åtal."

Han sträcker myndigt på sig och spänner blicken i de båda kvinnorna.

"Nå! Berätta nu för mig vad som hände Maria. Jag vet att hon hette Anna-Karin Ljung innan hon döptes om till Maria. Jag vill veta allt", fortsätter John med sin korthuggna myndighetsröst som inte tål någon motsägelse.

Det är som att öppna en flodfördämning. De berättar utan uppehåll men har ibland svårt att få fram orden, som avbryts av häftig, hulkande gråt.

De tre kvinnorna träffades under en bibelstund i domkyrkan i Lund. Kristian Pistol, hette pastorn som höll i bibelstunden, och han berättade för dem att han ledde en annan bibelförsamling, Det Slutna Sällskapet. De valde att följa med Kristian till hans förening, eftersom de alla tre tyckte att det där gavs en bättre undervisning än vid domkyrkans bibelstund. Kristian var dessutom både snygg och charmig, så de blev nog lite kära i honom alla tre.

En dag kom Jörgen Fredriksson dit. Han föreläste några gånger, och han påverkade dem så starkt att de alla tre blev störtförälskade i honom. Bortglömd var Kristian Pistol, alla känslor överflyttade till Fredriksson.

Så kom dagen som förändrade allt. Jörgen förklarade sin kärlek till dem alla tre. Det kan ju tyckas lite konstigt, men till en början var det okej för dem. Ingen svartsjuka över huvud taget. De förklarade sin reservationslösa kärlek till honom. Men så valde han Anna-Karin till nummer ett och de två andra kom i andra hand. Kristian, som hade hamnat i skymundan, försökte få dem att inse att Jörgen nog inte var riktig psykiskt frisk. Men de hade fallit för honom.

"Vi älskar honom fortfarande och delar gärna hans kärlek mellan oss." intygar båda kvinnorna och nickar ivrigt bekräftande.

Efter att Kristian försökt få dem att se på Jörgen lite mer kritiskt och förhoppningsvis förstå att han nog inte var riktigt normal, försvann han. Kristian var helt enkelt borta från en dag till en annan. Då började Jörgen ändra inriktning på församlingen och menade att de skulle blir mer bibeltrogna, införa mer symbolik i sin verksamhet. Han döpte om dem till namn, hämtade ur bibeln, som en markering på förändringen. Maria, Sara och Judith var namnen han valde.

När Jörgen var klar med sina studier och sin arkeologiska undersökning flyttade de så småningom till Torestorp och Skogsgläntan. Alla fyra bodde tillsammans och sov i samma gigantiska säng. En dag kom Jörgen – eller pastor Johannes som han börjat kalla sig – hem och berättade om sitt möte med Jesus i grottan, som han av en slump hittat i närheten av Seatons kulle.

"Han var verkligen en avbild av Jesus." suckar Judith. "En helig man som vi alla älskade."

"Och så blev Maria gravid, eller bebådad som han sade." tillägger Sara och fortsätter:

"Han hade sovit med oss alla tre hela tiden, men ingen av oss andra blev gravida, bara Maria. Ingen utomstående fick veta att Maria var bebådad. Det kunde misstolkas av myndigheterna och i synnerhet av statskyrkan, påstod pastor Johannes."

De sitter tysta som om de tänker tillbaka på nätterna innan Maria blev gravid, nätter då också Sara och Judith njutit av den intima närheten till sin ledare i tron.

"Men så kom då den dagen då Maria födde lilla Gabriel." säger Judith och har svårt att hålla tårarna borta.

"Det var så hemskt. Den lille pojken var svårt missbildad, och pastor Johannes sa att han var en djävulens avkomma. Jag hade svårt att förstå att ett litet nyfött barn skulle kunna komma från djävulen, men om pastor Johannes sa så var det väl så …" säger Sara och torkar tårarna som inte heller hon kan hindra.

Det är uppenbart att båda kvinnorna tagit födseln av den lille gossen och hans öde hårt och fortfarande tänker på händelsen med sorg och förtvivlan. Judith hämtar sig och tar ny sats:

"Dagen efter att Gabriel hade fötts kom Jörgen bärande på den lille och sade att han dött i sömnen. Hans minnessten är där borta."

Hon pekar på en plats bortanför templet markerad med ett litet kors.

"Ja, och en vecka senare försvann Maria. Det var så konstigt, vi förstod aldrig vad som hände, men pastor Johannes verkade inte alls bekymrad över att hon var borta. Han sa bara att det var tur att hon försvann eftersom hon inte hade blivit bebådad av Gud utan tagen av den svarte. Hon hade blivit en syndig kvinna, sa han. Sedan pratades det inte mer om henne. Precis som Kristian Pistol gick hon upp i rök. Försvann bara, och hennes namn fick aldrig nämnas mer. Pastor Johannes har försökt göra oss bebådade, som han säger, men ännu inte lyckats. Han har till och med antytt att han ska söka en annan kvinna, någon som han tydligen träffat här i grannskapet. En kvinna som verkar intresserad av honom har vi förstått. Vi har väl anat vem det skulle vara, men …"

Hon kastar en blick på Sara.

"Det är inte upp till oss att säga något om det." avslutar hon sin berättelse.

"Men vet ni verkligen inte vad som hände Maria?" frågar John.

Båda skakar på huvudet. Om de inte vet eller kanske anar Marias öde avslöjar de inte.

"Hur dog Gabriel?" försöker John i stället när han inte får något svar på frågan om Maria.

"Gabriel var svårt sjuk och en ond baby eftersom han var avlad i synd. Hans mamma hade blivit rörd av Beelzebub, den svarte, och därmed var hon befläckad och syndig", svarar Judith och Sara nickar.

"Beelzebub?" frågar John oförstående.

"Djävulen", svarar de båda kvinnorna samtidigt.

John betraktar dem. Fullständiga jubelidioter, tänker han. Hur kan någon bli så betuttad i en galen människa som pastor Johannes? Men det finns ingen lag som förbjuder folk att vara idioter.

"Det är viktigt för vår församling att visa de övriga kyrkorna i Norden, inklusive statskyrkan, att vi är den ledande kyrkan. Att det är vi som står för den rätta tron. Pastor Johannes predikade att vi alla lärjungar måste vara beredda att offra oss själva för att sprida den rätta läran", säger Judith.

"Pastor Johannes och Joakim byggde vidare på arken, det vill säga flotten som ska ta oss direkt till Jesus Kristus", fyller Sara i.

"Förklara", kommenderar John så myndigt han kan och tänker att det här blir bara galnare och galnare.

"När grevens bidrag landat hos oss kommer vi att tacka Gud för gåvan, eftersom gåvan ursprungligen kommer från Gud. Vi kvinnor ska utse fyra budbärare som via elden och vattnet ska ta sig till Guds Rike. Detta bestämdes för länge sedan. Fyra kvinnor ska brinna på flotten som förtärs av elden och försvinner ner i djupet", säger Judith.

"Vilka budbärare?" frågar John, som blir alltmer förvirrad av vad dessa märkliga kvinnor pratar om.

"En är kvinnan som heter Gunilla och den andra är den nyinflyttade, vars namn vi inte kan säga än. De andra två är enligt pastor Johannes Sara och jag. Vi ska alla offra våra jordeliv till Gud och ta med budskapet till honom att vår församling är den enda och den rätta", mässar Judith och närmar sig något som börjar likna extas.

"Och när ska detta ske?" frågar John med en krypande känsla av oro.

"Ikväll. Det måste vara fullmåne och stjärnklart", säger Sara och pekar upp mot med molnfria himlen.

"Hur ska det ske? Jag menar att ni ska ta ert jordeliv." frågar John som nu börjar inse på allvar att galenskapen kan komma att ta sig farliga uttryck.

"Vi ska bege oss till stranden av Öresjön och kliva ombord på flotten. Där ska Joakim ge oss en dryck som ska ta oss till Gud", säger Judith med beslöjad stämma.

"Är Gunilla och den andra kvinnan med på detta?" säger John och pekar på polisinspektör Mendez, som han nu insett är den mystiska nyinflyttade kvinna som berörts så starkt av pastor Johannes.

"Gunilla gör alltid som pastor Johannes säger och den andra kvinnan kommer kanske att bli överraskad när hon får bojorna om sin kropp, men hon kommer säkert att förstå att hon också är utvald att bli budbärare", säger Sara med ett förhoppningsfullt leende.

"Uppe på Seatons kulle kommer pastor Johannes tillsammans med Jesus Kristus att stå och vägleda oss hela vägen medan flotten sakta flyter iväg. Ni säger att pastor Johannes är död. Det är helt fel. Det är bara ett falskt budskap från den statliga kyrkan. Pastor Johannes kan inte dö även om hans kropp dör. Precis som Jesus återuppstår han. Och det kommer han att göra på Seatons kulle när allt är klart på flotten."

John skakar på huvudet, men kylan sprider sig i hans kropp. Är det bara fantasier de pratar om? Någon slags önskedrömmar? Eller är det som kvinnorna berättar något som verkligen kommer att hända, något som faktiskt skulle kunna sättas i verket? Trots att pastor Johannes är död.

"Judith och jag ska stå på flotten och hålla koll så att bojorna som vi kedjat den andra kvinnan och Gunilla fast med inte lossnar när elden tar sig", fortsätter Sara.

"Ni ska alltså eldas upp?" frågar John alltmer skeptisk, men nu är hans röst allvarlig.

"Ja, Guds eld ska förtära våra mänskliga kroppar. Drycken vi får att svälja gör att elden inte skadar oss utan tar våra själar till himlen."

"Var finns den här flotten då?" frågar John och kan inte dölja sin oro.

Sara pekar på dörren till stallet.

"Sitt kvar och rör er inte ur fläcken", beordrar han kvinnorna som lyder honom.

Trots sin stora kropp, lyckas han blixtsnabbt resa sig upp och springa till stallet. Han öppnar dörren och ser en flotte upplagd på oljefat som i sin tur vilar på några halmbalar. Ett kors har fästs på flotten, där det även finns grova kättingar med hänglås. Det sitter en teckning på ena väggen föreställande fyra sammanbundna vuxna kvinnor med kättingar fästade vid flottens kors. Högst upp på korset sitter huvuden från en katt och en kalv. Joakim sitter vid sidan om flotten och möter Johns blick. Så kommer Catrin inspringande, stannar till och tittar frågande på John. I en kätte vid sidan om ligger en sovande katt, troligen drogad eftersom den inte reagerar när de kommer in i stallet. En kalv tittar med stora ögon på John och Catrin.

"Katten är uppenbarligen sövd. Annars hade den bara sprungit sin väg. Den ska ligga där tills pastorn säger till att den ska halshuggas och detsamma gäller för kalven", säger Joakim vänd till Catrin, och reser sig upp.

Han är just i färd med att svetsa någonting på flotten. Svetslågan riktas uppåt men han släcker den inte. Den fortsätter att brinna. Hans pupiller är förstorade och han ger intryck av att stirra på dem utan att egentligen se. Catrin känner igen det, heroinögon har hon sett i andra sammanhang förut. De är inte att leka med har hon lärt sig efter att ha stött på gatunarkomaner runt Värnhemstorget i Malmö.

En dunk med bensin står bredvid yxan som ligger strax intill Joakim.

"Catrin, detta överstiger min fattningsförmåga." säger John lågt. "Jag måste neutralisera pojken. Han är kraftig påverkad. Om du försöker fånga hans uppmärksamhet, så smyger jag runt honom och försöker fånga honom bakifrån. Vi har inga vapen med oss."

"Joakim, vad är det som händer?" frågar Catrin medan John försvinner in i stallets dunkel.

Men Joakim inser vad som sker. I ögonvrån har han sett Johns rörelser och det enda han fokuserar på är att Pastor Johannes har beordrat honom att skydda flotten, katten och kalven från allt ont. Nu håller något ont på att hända, något som kan hindra vad han fått som uppgift att göra. Blixtsnabbt öppnar han locket på bensindunken men välter den av misstag så att bensinen rinner ut på golvet under flotten. Han snubblar, råkar sätta sig i bensinångorna och svetslågan riktas neråt. Flotten fattar eld, Joakim tar också eld och lågorna sprider sig våldsamt fort. Så brinner flotten upp, katten och kalven likaså. Joakim förintas i lågorna och byggnaden är snabbt övertänd.

John och Catrin lyckas oskadda ta sig ut ur byggnaden. På säkert avstånd sätter de sig chockade ner på gräset tillsammans med alla de andra, tittar på branden och bevittnar under tystnad hur stallet brinner. Polisaspirant Agneta är den enda som agerar och ringer nittiotusen och brandkåren. Efter tjugo minuter kommer frivillighetsbrandkåren i Öxabäck körande, men de kan bara konstatera att stallet inte går att rädda och koncentrerar sig på att rädda omgivande byggnader.

Till slut tar John till orda:

"Agneta, ring och beställ hit en buss. Jag kan inte ta på mitt samvete att låta alla dessa galningar löpa lösa. Jag beordrar alla medlemmar i församlingen att på plats i polishuset avlämna vittnesmål," beordrar han polisaspiranten.

John vinkar till sig en annan polisaspirant.

"Säg till dina kollegor att gräva upp högen som ligger där", säger han och pekar på platsen med det lilla korset.

"Vi behöver inget tillstånd eftersom det är inte är en regelrätt grav, grävd i svenska kyrkans regi." kommenderar han.

Det muttras lite men John är inte på humör.

"Det är mitt ansvar att detta sker", säger han med en röst som knappast inbjuder till protester.

Han är väl medveten om att han spelar ett högt spel. Om han har fel i sina misstankar kan han få en varning för tjänstemissbruk, kanske till och med bli avstängd från sin tjänst. Men han är säker på att man inte kommer att finna någon kropp under högen med det lilla korset. Mycket riktigt. Där finns en liten kista, men den innehåller ingenting annat än några kilo grus. Alltså blev den lille gossen Gabriel inte alls begravd här, som Judith och Sara påstått. Han ligger förmodligen i stället i en anonym grop nere vid Öresjöns strand tillsammans med sin mamma. Som försvann ...

Kapitel fyrtiofem

"Fallet är löst", säger John till Ankarbergs sekreterare när han ringer upp sin chef. "Morden är uppklarade och frikyrkan Den Levande Tron är kartlagd ända in i kyrkans innersta själ. En skriftlig rapport följer i veckan."

"Bra, det ska jag framföra till chefen. Men du kan också ringa honom på hans ficktelefon. Han är tillbaka från sin seglats. Det blåste för mycket, så hans fru blev illamående. Chefen befinner sig på sin hemort. Ni bor väl i samma by?" säger hon.

"Jag ringer honom från bilen när vi är ute på E6." svarar han.

John meddelar Catrin att han tänker packa ihop och köra via Svansjö säteri och vidare till Borås och avrapportera till Achim Krüger.

"Jag räknar med att vara hemma sent ikväll. Hur tänker du göra?" frågar han sin kollega.

"Jag har semester kvar att ta ut, men jag måste prata med Inger innan jag bestämmer mig för vad jag ska göra. Stanna lite till eller köra hem till Charles och Björne och vardagen i Bjärred." svarar Catrin.

Efter att ha tänkt till och pratat med Inger, känner hon att hennes egentid i Sjuhäradsbygden är över. Familjen väntar därhemma, och när hon nu fått ny kontakt med sin barndomskamrat, kommer de säkert att träffas snart igen. Inger berättar att hon har en läkartid vid universitetssjukhuset i Lund om bara en vecka, och Catrin bjuder genast in henne att sova hemma hos henne i Bjärred i samband med läkarbesöket.

John hinner prata med miljökämparna, som nu står utan ledare eftersom Gunilla sitter inom lås och bom, innan han beger sig söderut. Intresset för skogens bevarande tycks ha kommit av sig i och med att af Silfverberg mördats. Länsstyrelsen gav snabbt besked om att man kommer att avvakta med att offentliggöra beslutet om avverkning tills polisen är klar med sin utredning meddelar John.

Catrin, som bestämt sig för att resa hem, följer med John när han lämnar Röllese och Sjuhäradsbygden. De kör via Borås och avrapporterar till Achim Krüger. Det bjuds på kaffe och torra havrekakor och polismästaren för länet deltar. Medan John avrapporterar tar polismästaren Catrin avsides. De pratar förtroligt med varandra, noterar John irriterat och undrar vad de kuckelurar om.

Navigatorn i Saaben talar om att snabbaste vägen till Bjärred går via Varberg och sedan rakt söderut. Tre timmar beräknas resan att ta.

"Jag ringer Ankarberg", säger John till Catrin och knappar in numret direkt på telefonen.

"Hej John", svarar Ankarberg.

"Hur vet du att det är jag som ringer?" frågar John.

"Jag har ditt nummer inlagt i min nya ficktelefon. En sådan skulle du också ha nytta av, men just nu är det bara folk med min tjänstegrad som får en sådan", säger Ankarberg lite överlägset.

"När får rikspoliskommissarien en sådan?" säger John provocerande.

"Det får vi prata om ikväll när vi ses. Du och Catrin har som tradition att prata er samman när ni löst ett fall. Nu har jag en överraskning till er båda. Jag, Bodil, tvillingarna, Charles och Björne vill äta pizza med er på bykrogen. Samma ställe som ni alltid går på. Ring när ni är en timme från Bjärred", säger vikarierande rikspolischefen och Catrin påstår att det låter mer som en order än en trevlig inbjudan.

John noterar att Ankarberg sagt "jag" före alla andra namn.

"Du John, jag ska aldrig gå bakom ryggen på dig mer. Jag lovar." säger Catrin ångerfullt. "Polischefen i Borås erbjöd mig en permanent tjänst på mordroteln där och att börja som vikarie för Achim Krüger som ska opereras om någon månad. Om Achim inte återkommer till sin tjänst kommer jobbet som chef för mordroteln i Borås, som är en del i Älvsborgs läns polisdistrikt, att ledigförklaras. Då har den vikarierande rotelchefen förtur om densamme uppfyller kraven och har genomgått relevant utbildning. Han sa att jag är väl kvalificerad." säger Catrin stolt.

"De var som fasiken", säger John i ett odefinierbart tonfall, men det låter inte som ett grattis utan snarare tvärtom.

"Hur tänker du göra?" frågar han.

"Jag är förmodligen inte intresserad eftersom jag trivs med att arbeta med dig, John", säger hon och ger honom en lätt kindpuss.

"Men jag har inte bestämt mig slutgiltigt." tillägger hon med ett pillemariskt leende.p

Att Björne har saknat sin mamma framgår tydligt. Han sitter mellan sina föräldrar, hand i hand med båda. Var gång Catrin reser sig från bordet ger hon Charles en puss och vice versa. Tydlig kärleksabstinens efter lång tid åtskilda, även om båda njutit av sin egentid.

Bodil och Bengt Ankarberg betraktar igenkännande hur det andra paret håller på med varandra. Deras tillgivenhet för varandra är inte heller att ta miste på. Tvillingflickorna Marie och Ingrid säger till Björne att flytta över till dem.

"Vi vill också prata med dig." säger Marie uppmanande, och Björne är inte nödbedd.

John iakttar sina bordskamrater som alla befinner sig i nära relation med någon av de övriga och känner sig lite på undantag. Han tar lyfter sin ölsejdel, den tredje, och knackar i glaset.

"Ett litet spädbarn, en vuxen kvinna, en man i Uppåkra, en man funnen i en grotta och en greve är alla bragda om livet. Det finns ännu ingen dom, men både Catrin och jag anser att fallet är löst. Det var egentligen inget svårlöst uppdrag vi fick eftersom pusselbitarna nästan föll på plats av sig själva. Lite finurlighet fick jag dock ta till. Men jag vill säga att om min mammas notering om Jörgen Fredriksson hade följts upp, så hade kanske aldrig dessa tragiska händelser ägt rum."

John tar fram en liten handskriven lapp ur sin plånbok och läser vad hans mamma antecknade om Jörgen Fredriksson när han var elva år.

"Mamma Lillemor, som var skolsköterska vid den tiden, skrev dessa rader i Jörgens akt. Dessa ord har jag hämtat ur texten i akten:

Under alla omständigheter väcker hans undflyende, kuvade bete-ende oro, även om han är vänlig och omtyckt av såväl kamrater som lärare. Motsägelsefullt och oroande. Kontakt med fadern och under-sökning av pojkens hemförhållande är av nöden att ske skyndsamt."

"Det gjordes alltså aldrig någon undersökning av hemförhållan-dena." konstaterar han.

Det blir tyst en lång stund runt bordet.

Då öppnas dörren och in kommer advokat Silfverberg.

"Vilken överraskning! Polisens samlade intelligentia sitter här och kuckelurar."

Utan att bli inbjuden tar han en stol och slår sig ner hos dem.

"Det ringde en polis från Borås för en timme sedan och frågade om jag är släkt med en greve af Silfverberg. Jag svarade ja. Jag chan-sade, eftersom jag inte vet om vi är släkt. Vi har samma efternamn och jag tror att min pappa hette af Silfverberg en gång i tiden. Han avsa sig adelstiteln av okänd anledning. Kanske i samband med att han blev stämd inför tinget. Sedan sa polisdamen att greven var död, och om jag är släkt så ska jag ge mig till känna. Innan vi avslutade samtalet yrkade jag på att få bli boutredningsman eftersom jag är advokat. Hon lovade att göra en anteckning om det och eventuellt återkomma."

Catrin och John växlar en road blick. Advokat Silfverberg förnekar sig inte. Det är inte första gången han ser en möjlighet att sko sig på ett arv och vem vet – kanske grevens kvarlåtenskap kommer att föra också honom till den natursköna Sjuhäradsbygden. Som herre på Svansjö säteri?

De skålar och avslutar såväl middagen som fallet och ser fram mot nya samarbetsmöjligheter men var får framtiden utvisa.

Efterord

Jörgen Fredriksson kunde inte dömas eftersom han var död, men indicierna som framkommit ansågs vara tillräckliga för att anse Fredriksson skyldig till mordet på spädbarnet Gabriel och Anna-Karin Ljung alias Maria samt Kristian Pistol.

Att greve af Silfverberg bragdes om livet av Gunilla Marklund ansågs bevisat. Anledningen var att greven talat illa om och skymfat pastor Johannes alias Jörgen Fredriksson. Marklund hävdade att hon och Fredriksson var ett par. Marklund är för närvarande gravid och pekar ut Fredriksson som fader till barnet. Gunilla Marklunds argument att hon i affekt försökt slita hagelgeväret ur grevens händer och att geväret av misstag gått av och träffat greven rakt i ansiktet trodde tingsrätten på. Gunilla Marklund dömdes för vållande till annans död. Domen blev villkorlig.

Vem som mördade Jörgen Fredriksson alias pastor Johannes kunde aldrig bevisas även om mycket tydde på att förövaren var greve af Silfverberg.

Kvinnorna Lena Strand alias Judith och Kristin Slop alias Sara borde dömas för skyddande av brottsling eftersom de måste ha förstått att spädbarnets och Marias död åsamkats av Jörgen Fredrikson. Istället för att dömas enligt Brottsbalken ska de genomgå en rättspsykiatrisk undersökning och utvärdering. Om de anses vara vid sina sinnens fulla bruk ska de åläggas hundra timmars samhällstjänst hos svenska kyrkan. De befinner för närvarande på skyddat boende med inlåsning. Om de inte anses vara vid sina sinnens fulla bruk ska de underställas psykiatrisk vård på anstalt.

Säteriet har genom beslut hos Skatteverket utsett förvaltaren Olof Engberg till att tills vidare driva säteriets dagliga verksamhet. Länsstyrelsen meddelar att säteriets ansökan om avverkningstillstånd beviljas. Avverkningen måste dock påbörjas inom nittio dagar. Påbörjas ingen avverkning förfaller tillståndet och en nya ansökan måste skickas in och behandlas enligt gällande statuter. Någon avverkning påbörjades inte inom föreskriven tid.

Förvaltare Engberg lyckades få området där grottan är belägen förklarat för naturskyddsområde. Engberg anmälde aldrig grottans med de forntida väggmålningarna existens till Riksantikvarieämbetet.

Catrin Mendez har haft ytterligare samtal med polismästaren i Älvsborgs läns polisområde och bett om anstånd med sitt svar.

Tack

Vid skrivandet av denna berättelse har vi haft ovärderlig hjälp av ett antal personer. Stort tack till Eva Westman för värdefull information om lokala förhållanden i trakten vi skriver om, till Kerstin Graff, Anna Grönvall och Göran Hydbom för konstruktiv kritik vid testläsning av vårt manus med påpekanden om ologiska svängar, som vi själva varit blinda för.

När vi skrev denna bok hämtade vi inspiration från olika källor, t ex boken *Känn Sjuhäradsbygden del 1* av Agne Furingsten och Åke Andreasson. För övrigt har vi på olika sätt försökt få en bild av hur en sekt fungerar – tack, Eva Westman för insiktsfulla samtal omkring detta tema. Dessutom har vi sökt information om historien bakom såväl Seatons kulle som fakta om folkvandringarna och Vendeltiden via *Wikipedia* och *Uppåkra arkeologiska center*.